KB099364

흑발 소녀의 누드 속에는

흑발 소녀의 누드 속에는

김윤이 시집

창비

차 례

오렌지는 파랗다

파란, 오렌지
둥근 탁자 위에
누가 저며놓았나
즙액이 흐르네

식탁을 마주하고 있는 동안
화병의 물은 한정없이 썩어가고
장미꽃잎 한 점
눈꺼풀처럼 스르르 떨어지네
어항 속의 금붕어는
빨간 아가미로 떠다니고

탁자 위의 파란, 오렌지
누가 저며놓았나

빨간 살점 헤적이며
꽃은 피어나고
꽃숭어리 부레처럼 부풀어오르네

작은 물고기 잘바닥잘바닥
밤새 빨간 두 눈으로 앉아 있는 동안

오렌지는 파랗네
슬픔은 여태 익지 않았네

꽃 필 자리

모래바람이 붑니다
몸앓이하는 봄꽃들이 바람 속에 후드득 피고,
옥수수 까끄라기 같은 머리칼의 할마시는
난전에 나와 담배를 피웁니다
담배연기처럼 흰 아마를 두른 여인들은
이런 날씨에도 옥수수를 삶아 팝니다
제 머리뿌리 같은 것들을 좌판에 벌이는 이들도 있습니다
딴에는 숨붙이의 자식인 줄 알고 달려드는 모래 알갱이들
여인네들에게서 사온 냉잇국의
지분지분 씹히는 맛은 달싸했습니다 그런 날엔
몸살을 앓아도 좋았습니다
귓속에 들어찬 모래 알갱이가
하얀 사카린의 산등성이 쌓았습니다
싸르락싸르락 마른 살갗에
문신을 새기는 바람이 오래 불었습니다
그 세찬 바람을 뚫고 여인들은
긴긴 대상(隧商)의 행렬에서 벗어나 지친 몸 뉘었습니다
먼 산을 넘었지만

능선에는 발자국 보이지 않았습니다

부디, 꽃 필 자리에는 앉지 말아주십시오
내내 아프겠습니다

안구건조증

바람이 불었는지, 타클라마칸
염기 안은 사막 횡단하는 새떼의 이동행렬
누란족 붉은 눈으로 떠나온 이들은 그저 말없이 바라보아야 한다
그 간극만큼 사막화되어가는 해수면
실패를 예감하면서 감행하는 크낙한 홍학떼
소금차꼬로 발목 채운 새들이
아침나절 눈자위 빽 둘러치며 날아든다
동자에서 짜디짠 알갱이의 시간으로 산산이. 대오를 이루어 내려온 눈의 물처럼 가혹하게 바수어지기 위해
착란
대기는 물그림자 숨기고
간혹 오아시스로 되돌아와 고일지 모를 일. 해도
눈물 없이 우는 법 알기에 가시선인장은 후룩— 대기 뚫는 숨 들이켜고
땀에 전 사막을 통틀어 모래먼지뿐인 모래사막에서 눈꺼풀마저 낙타의 것을 닮는다
만만대륙 건넌 소금내의 흘러넘침

폭양 밑 부숭한 낙타의 수고로운 눈에 천만년 천산산맥
나타나,
묻곤 한다 시간의 응집력이 아물대거나 약한 게 아니네요
쌍봉 혹으로 이어 무더우며 서둘러 만날 수도 없는 땅
오랜 안구(眼球)의 병, 그건 차라리 불에 덴 땅이리라

당신의 사막
붉은 달이 두 눈에 든다
고비를 넘어가는 속눈썹은 다행히 슬프도록 길다
부쩍 허약해진 눈동자에 가두어두는 게 아니었다

콰이어트 룸에서 만나요

구제책 없나요?

그렇잖나요? 내레이션 증폭시키는 소형마이크를 삼킨 기분

시계침 외침처럼 죽잖아요 뚝딱. 이봐요, 시간 떠나면 마치 날 떠난 듯해요

나는 머리칼 오백환만큼 뽑혔나요 방 도처 속살 훤한 불행의 회로 아닌가요 클릭— 후 바람 한 가닥 없는 구석이어서 허공을 물어뜯는 냄새들

곱절면발로 얼굴 붓다 커피, 두 덩이 심장 몽땅 식혔나요 우격다짐 닫힌 환풍구, 코 킁킁거리며 숨어들어온 때투성이 냄새. 생의 표본집처럼 압핀 박혀 벽에서 꿈틀거릴 때 바람 안 통하고. 피차 영역에 서툴고. 때문에 어물쩍 속기가 십상이죠 사각등의 테두리에 완고하게 붙다 거기에서 나와버렸잖아요 통제하는, 사방벽, 검은…… 곤경 빠졌을 땐 누가 말해주면 좋겠다구요!

쿠스코산 말린 커필 들이켰네요 발품 없이 싸맨 머리 향

짙게 감았네요 피곤이 사람들 무의식에 침투하여 해쓱한 날 지우고 큼직해졌잖아요

쳇! 체불할 게 많은 세상. 괜찮은 사업이죠 사력 다해 향방 좇는 나뭇잎, 감속의 소리 끊겼잖아요 짧으나마, 4/4 크로스 박자로 채근하던 바람도 이제 여기 없고

암암리에 궁지로 빠진 생활 공동. 잡동사니 원경미터 내 클릭. 220V 없인 죽은 것뿐. 휴식 취하게 되었어요 14인치 하나만한 크기 마켓과 한물간 타블로이드판 잡지. 내달 점찍은 쇼핑몰 두 끼 식사 피자도 품절이잖아요 그 종 중에 노났잖아요 예산초과한 절기지만 뭐 대순가요

풀가동 정신노동으로 프랑크푸르트훈제소시지, 파리거친바게트, 이스탄불태양에구워낸양탄자, 산토리니채광좋은창 보러 갈까요 팔십여일간 세계일주여도 각국어로 정확히 정오는 다시 돌겠습니다

그러니 작별이 전신을 덮치는 순간, 조금 사이로 있다가 헤어짐의 표정 만끽하는 거! 잊죠 이견 클릭— 것도 좋죠? 여태껏 바이는 바이. 투박한 단화를 발부리에 꿰면서 걷어

차는. 바로 그걸로!

만날 헤어질 때까지 건투. 이만, 몸성히

충분한 캐시충전 통해서만 가능한 세상의 투숙객, 나와

보지 않는 부류의 그대들!

정작, 그런 데 있나요? 어디

내가 없는 듯 깨끗이 치웠나요? 훗날만큼은 헐값에 넘겼

나요?

공의 매혹

한사코 올라가다 흩어져 시야에 휘말려 가령,
이듬해 홀연 사라진 코끼리와 코끼리 조련사 자취에 대해
골몰해보는 거야 나선형 계단에 올라 저마다 구름 보았는데
그 곁에서 우린 담배 피우며 나른했어 가만가만히 장미나무 근처

감았다 뜨는 순간 옮기어 심은 이 세상 휘문이였을까
두 눈 처음 핀 꽃 향내로 매웠어
코끼리걸음의 사나이 문간방 나설 때면 날씬한 종아리가 종종 따라나왔다는 거
바지랑대에 걸린 현기(眩氣)는 하늘 헹구어 뎅그러—엉 한자락 매달았고
보잘것없는 사내의 잔등 고르는 아내, 깨금발 감춘 주부였어 빨간 빰
장미넝쿨째 꺾꽂이하고 싶은 사내와 예쁘게 묶은 여자였어
여자는 사내를 세상으로 내보냈어 우리의 계절이 꽃 내어다
팡! 팡! 부풀리고
몸 뺄 틈 없었어
짙은 녹음은 반짝였어 마치 수백개의 별이 한꺼번에 빛구멍을 열어보이듯이

마치 소년합창단의 노래 들려주듯이

육중한 구름이 황급히 지워질 수밖에 없는
일기(日氣) 뜨거운 날
피던 꽃밭, 새빨간 넝쿨장미가
장마에 수시로 범람하는 꽃밭 저마다의 구름 지피고 불개미는 기승부렸다는 거
우리는 뜨거운 내부로 뛰쳐나갔지만
더러 호우시절에 달라붙는 바람 시원했어
하고픈 말은 하고픈 그 말로
장미나무 근처

뻠가웃 자란
이다지도 허비되는 구월의 한철
장미나무 근처는 어디 있을까 원한다면
열기 기척 없을까 무모하게 끌렀던 허리띠도 자리바꿈하는 태양도 달도
오래도록 되돌릴 수 없는 것들은 이목구비 흐릿한 거야

달포 빗발로 쓰러진 장미넝쿨과 장미나무 근처

뒤축 들어 훔쳐보았지 금세 자랐을 리 없는
우리는, 사내아이들이 되어, 그렇게
기침병으로 컸을까
얼굴 마주대고 콜록이며
모종 심고, 붉어지게 냄새 피우며

한자락 봄 타며

햇빛 속의 동공

나를 잊지 않는 방식일 수 있다

차갑고도 향그럽다고만 알았다
끊긴 줄긴호랑거미 눈에 밟혔다고만 알았다
솔송 밑, 다리 걸쳤다고만 알았다 그러나 생각이란, 갑자기 빠지곤 하는 거여서, 송진
연하고 무른 한 방울
호박(琥珀)의 결정
그 긴 심부를 목적 삼기 위해 내밀히 때늦게라도 나 하나로 멈춰주고저
어딘가? 입안 감돌아 열기 지끈거리는 복판도로
공기와 좁혀 앉은 가시거리
큰 번쩍임 매달고 시원한 피난처와 작은 대조 이루는 태양
다리를 그늘로 빼내자 햇볕이 더 빽빽해진다
빪. 합동으로 사그라지는 햇빛 아래 몸이 무쇳덩이로 졸아붙는다 공기의 끈적임이 돌연, 울컹 젖고
나만큼이나 익사하는 것쯤
……두려워하는 한낮 떠간다…… 뜨겁다

공기의 영롱함이 이렇듯 맑고 힘차다
영락없는 찬 물마루. 다만 그 안
쏙 독 단적으로 낮게 우는 새의 입마름 듣는다 시간 들락이지 않는 미덥지 못한 마음 깨어 단단하기를
두 눈 거짓으로 돌리고 또 한 날 저물어 정결치 못한 신발
참으로 돌아서기 쉽지 않았던 방사실에의 날들
입속말은 왜 생각의 알을 까는 거지?

무엇보다 완전히 떠나온 것이다

점차로 침윤된 시야
똑. 대를 빼었다 뜬 눈의 눈물과
길찍하게 침묵하고 뽑아내었다 빛의 황홀하기도. 그리고 멀리 가서 멈추었다 저지대 가드레일 풀포기 이별쯤에서 다 어둑해졌다

트레이싱 페이퍼

잘 마른 잎사귀가 바스락거리며 나를 읽네
몇장 겹쳐도 한 장의 생시 같은
서늘한 바람 뒤편
달처럼 떠오른 내가 텅 빈 아가리 벌리네
지루한 긴긴 꿈을 들여다봐주지 않아 어둠이 흐느끼는 밤
백태처럼 달무리 지네
일순간 소낙비
가로수 이파리 눈꺼풀이 축축하게 부풀어오르고
거리마다 지렁이가 흘러넘치네
아아 무서워 무서워
깨어진 잠처럼 튀어오른 보도블록
불거져나온 나무뿌리
갈라진 혓바닥이 배배 꼬이네
비명이 목젖에 달라붙어 꿈틀대네
나는 이 길이 맞을까 저 길이 맞을까
손바닥에 침을 퉤퉤 뱉고 싶지만
손금이 보이지 않는 손
금밟지않기 놀이 하듯 두 다리가 버둥대네

두 동강 난 지렁이 이리저리 기어가고
구름을 찢고 나온 투명한 달
내 그림자는 여태도록 나를 베끼고 있네

미련

채 잦아들지 않네 잔바람
순환의 S자로 등줄기 훑으면서
교태롭게 굴곡을 만들지
동부새* 이울고 신라특별전시관 부스 그녀, 나른해 오후내 금관 보였어
서출지(書出池)**
사물사물, 천년 움직거림. 황금버드나무 늘씬하게 휘었네
공기 포그르르— 흰자 구르고 붉어졌지
미련과 밀착된 순간. 낮 어둡다네

환영 말리네 응어리 표면으로 떠오를 때까지 은닉된 동부새
관람객이 모질게 빨아댄 담배 떨어뜨리네 버력더미만큼 돌담 치는 잉어떼. 하부로부터 부글거리는 연못
옛 사물이란 끔찍하게도 이리저리 둘러볼 수 있지
사라졌던 의식이 눈떠 소리의 세계 감지하고 여자와 남자 침묵으로 갇히네
땅 불타고 불탑만 남은 지점 같네

의식의 꼭대기에서 물 매달린 세계에까지 머리채 치렁거리네 유독 사랑 고르고는
그리고는 사랑이라는 믿음으로써 파문
파문. 눈에 선하게 다가드네

'갈지 않아 공기 탑탑다'
부스창은 호리한 물항아리까지 이고 있네 의지도 의식도 없이
노역과 원망 괸 출처 모를 수압으로부터 올라온 미련
"왜 이래"
화들짝
검은자로 꽁무니 감추는 동부새. 포착할 수 없네
둥그렇게 긴 독의 아가리를 조이고
완벽에 가까우리만치 자기 똬리 틀 때 일순에 뒤엎어버리는
출혈! 서로 알아보지 못하는 꿈과 현실에서
잠이 차진 흙덩이로 몸부림치네 꼭지에다 입 붙인 듯
단숨으로 목구멍에 빨리는 말풀연못

미련없이 진흙 개고 남자가 걸어나가네 미를 고려하지 않은 결과 깨뜨린 수십점의 손으로

기억은 의자 삐걱이네 콧속까지 물기 차오르네
흠뻑 빠진 상반신 들어올리네 그녀의 기억으로 관람객 빠져나가고 소장품 부스러지고 물 흡수되고 늪땅이 메워지고 수련 닫히고 인부들 사라지고 적수(敵手)가 살고 약탈행각 멎고 진격이 후퇴하고 다만 남은 것
백날이 천날이 일천번이 지나도록
멸망 부족의 도록(圖錄) 붙들고 있는 육체
모든 수단 강구해도 자기 붙잡고 있는 손뿐

'나에게도 주렴, 한 잎'

회수할 수 없는 꽃 피려 누가 보네

기연가미연가

이상해라 애초 패망사했다 함도, 지도에 없는 진형(眞形)
되려 환기되고 있네

* 동풍의 다른 말.
** 작자·연대 미상의 신라 가요에 나오는 연못.

지상생활자의 수기

예를 들어 '빛의 부재, 성사되거든 칭찬이나 해주오 기왕이면 아주 엉망되는 편 좋을 것이오 오오, 와서 눈 가리는 밤의 어둠 되시오* 빗금 치도록 어둠발 거기 열었던 것이니 낮 동안 연민의 정 쌓였던 책과 불 꺼트린 창. 철거덕, 등 밝힌 모니터 여태 봉한 짤막한 글에서 뒤졌던 것이니 기회만 나면 밖으로 공개되려는 요동침을 억누르다가 그러다 틀어박히고 마는'

이 상황을 끌고 갈 진술이 부족하다

규칙 어딨어!, 잃어버린 걸 지켜줘?, 그 작자……! 타액을 뱉은 층간소음이 비 타고 급기야 보금자리까지 울린다 몇채 이불 써도 득실거리는 기억. 낮의 일이 여자의 뇌리를 통과할 때 자신을 별난 것으로 만들면서 목구멍에 손가락 집어넣는다 빽빽 소리가 난다 불결하게 아무리 더듬적거려도 끄집어내기 힘든 말들. 뒤적거린 음식물에서 아—프—다라는 응고덩일 떼어낸다 세끼 밥과 매끼 약으로 그토록 여자를 사랑한 외로움, 입 벌린 황망함. 기관이 신체를 사육

한다는 거. 몇순배 술잔에도 갉히는 위장인 거. 시간이라는
처방. 전혀 상처받지 않았다면 거기 벌거벗은 비극일진저
오늘밤새 여자의 웹서핑으로 지속되는 하이라이트. 어
둡다 울음이 선율에 섞여든다 이번만큼은 어둠이 경련 일
으킬 만큼 슬픔으로 지탱하는 목뼈를 콱 물고 울게 하소서
(Lascia Ch'io Pianga) 울게 내버려두소서 산다는 거 별거 아
니다…… 아니다
한바탕 타간다 밤은 어둔 영역의 윤곽 쪽으로

이층 여자가 잠잠할 때까지 평서문으로 끌고 갈 진술이
부족하다

* 셰익스피어 『맥베스』, 도스토예프스키 『지하생활자의 수기』 중에
서 변용.

책도둑

이통이 시작되었다
이십오도의 술로 겨울은 나 배경 삼아 돌아나간다
스냅사진처럼 일순 멎었다 사라지는 차들
이 기세를 놓치면 안되기에 풍경 틀어쥔
차가운 스틸이 번쩍거린다
가끔 발치에 속의 것을 게우고 그때마다 올려다보는 밀레니엄센터
스카이라운지는 통창을 매달고 이제 멀다
메타세쿼이아*의 오래 품은 별무늬 집자
타오르던 그늘이 별안간 고요하다
핑 도는 눈물 빼앗다시피 바람 세차다
회오리의 복판, 척후는 고요의 위태로움이다
강화유리, 깨질 것 같은 단단함에 대하여
잊고 싶은 기억은 무엇일까
복면으로 뒤집어쓴 세계를 죄다 토하고 싶어!
바람에 유리창 달린 사옥이 건너편에서 발작이다
공중을 무너뜨릴 만큼의 힘이 눈꺼풀을 통하여 여닫힌다
몸의 잠금장치가 철컥거린다

갈피마다 꽂혀 있던 지문은 한때 그만큼의 궤적으로 맴돈다

……혼자…… 혼자 가지는 마…… 혼자는……

쑥 쑤셔박힌 병쪼가리 어지럽다

옹이는 깨진 주먹처럼 튀어나왔다

사정거리에선 누구도 꼼짝할 수 없기에

모자가 벗겨진 나는 팔을 하염없이 들어올린다

불 지펴 밝히고 싶은 내 서가에서의 목록, 흔적으로 남아

복도처럼 컴컴한 길 끝 공포가 지나간다

누군가 그어놓은 밑줄

삭정이 하나 떨어져

탕!

* 종각에 심긴 낙우송과의 낙엽 침엽 교목으로, 현대에 살아남은 화석식물의 한 가지.

자, 케이크 나눠드릴게요

한줄기 불길이 얼굴에 달려요

어둠과
오도카니 나
황급하게 만들어진 두 개의 성냥알로 붙어서
비로소 생일은 시작되는 것이죠

닿을 듯 가닿지 않는 허전함
불붙이는 것이죠
거기 벽이 있음을 알리는, 멈추지 않는 시계는 무수한 정지(停止) 매달고 케이크를 내 쪽으로 더 많이 보내는 것이죠
가장 친근하지만 결코 얼굴 내보이지 않던 영혼처럼
고무풍선 속 압축된 공기가 빠져나오려 애쓰는 것이죠
문만을 바라보는 내 협소한 시계, 황량하게 벌어진 목구멍
한겹 동인 포장으로 앉아 폭죽 쏘아올려요
어둠은 살 맞은 듯
팽그르르 돌며 고꾸라지고

발가벗지 않고 언제 태어난 적 있던가요
육체는 언제나 일정하게
흉을 보이느라
허물 남깁니다
허기가 지네요 팽그르르
돌아가는 다트판,
날카로운 촉을 꽂고 멈춰선 서른몇해
몸뚱이

자요, 미치고 싶을 때 나눠드릴게요

어른의 맛

결코 경험만이 아니고, 아니고요
그걸 그냥 연애라 말할까봐요
1.5볼트짜리 건전지,
양극 바로 옆에 음극이네요
시가지 걷다 시그널 음악 멎었을 때
한 걸음 반에서 한사코 숙여 발끝 보면
내게서 가장 먼 날 환히 상상할 수 있어요

키스처럼 혀끝 대봐요
찌릿찌릿하고 야릇한 씁쓸한 맛
전류가 남았는지 알 수 있다네요
그렇게 내가 흘러온 방향과 흘러가는 방향을 아는 거래요
하지만 별로 권하진 말아요
불 켤 수 있는 남은 양 알면
예기치 않게 놀랄 수 있겠네요
기묘한 동작으로 형언키 어려운 청춘의 불빛들
충전할 수 없는,
날들은 눈부신 거죠

시침 뗀 표정으로 눈 감아도 느껴지는 이상한 맛
몸뚱어리에 퍼지고 비로소 어른이 되어버렸죠
사랑이었나요? 우리
아둔한 질문에 쓴웃음 지으며
몸만 남아 수명 다할 때까지
싱겁게 사라지는, 진짜로 그런 이상한 세월의 맛

사거리 신호에 걸린 채
즐비하게 몸 섞는 여름과 가을 가로수
기억이 방전되도록
들리지 않는 음악 들으며
자연스럽게 어깨 비켜 지나는 연인들

라라,

철새는 날아가고 그녀가 참호를 파네 그녀의 둥근 방은 라푼젤의 성 세상과 떨어진 고성 위 철새는 날아가고 그녀는 붉은 머리 올리고 싶어, 등피 어리는 낮은 불빛 아래서 붉은 새처럼 흰 가슴 떨고 싶어라 몸 수수러지듯 부풀리고 싶어라 라라, 그러나 철새는 날아가고 끄느름한 하늘 밑 삽삽한 바람만 쏟아져내리지 점 점 점 매캐했네 하늘에 갇혔네 하늘은 뿌연 폭설에 갇혔네

그녀의 얼굴에 성에꽃 그득 피었네 라라, 요새 위로 뒤늦은 후회, 철새는 날아가고 곳곳에 내려앉는 눈 참을 수 없이 시리네 피이피이— 뿔바람에 멈춰섰네 철새는 날아가고, 수피(樹皮), 수피만 남은 그녀 노래하네, *그건 슬프고 슬픈 소리* 한나절 고요히 깃 치는 그녀의 머리 위로 철새는 날아가고, 주석으로 쌓아올린 맨 꼭대기 창 빛을 닫아 얼어가는 눈동자 나뭇가지 읊조리네

*나는 길이 되기보다는 차라리 숲이 되고 싶소**

* Simon and Garfunkel의 노래 「El Condor Pasa」

흑발 소녀의 누드 속에는

1

날짜변경선이었나 어제에서 오늘로 넘어가는 순간, 나에게서 나로 바뀔 때 두 눈 꾹 감는다

나는 질척거리고 엉긴 뻘의 마음이었다 정렬한 서울발 직행버스 떠나고 팔을 발악적으로 휘저으며 그녀가 내 귓전 바닷가 갯방풍으로 시들 때까지

2

집으로 가는 길 망설이자 갯벌에서 나와 순식간 사라지는 게들은 햇빛 보면 금방 죽어요, 내 목소리에는 그런가 하는 남자가 달려나올 것 같았다 그리하여 구멍으로 들어갈, 잘라버리고픈 갑각류의 다리가 말랑한 한 시절 파먹고 있었다 삭제된 한쪽 귀의 아픔: 갉작이던 지껄임. 내 속에 따글따글 달라붙은 목소리. 기생하던 칩거의 영혼이 이제 거덜났음에도 빈 굴껍데기처럼

3

껍데기와 껍질로 설명해야 한다면 육체는 껍데기일까? 껍질일까? 나의 안식처는 어디일까?

4

고흐의 자화상은 그의 영혼을 잘라 그린 그림이고 누드는 그녀의 껍데기를 벗긴 그림이다

이명은 누구의 잘못이었나

5

철시 서두르는 상점들이었다 사람들 흩어지는 대합실 복도에서 혓바닥 뜨거워지도록 후룩— 시간 급히 빨아들이는 입과 담배 빠는 입, 그 언저리 시간 기다리는 그녀 있었다, 하면 말이다 나는 버스 계단참 그걸 훔쳐보던 남자 모양으로 앉아 그녀가 주문한 분식 거지반 다 먹고 조목별로 나란한 메뉴판 다시 건너보듯 세상으로 통하는 문 짚고 있었다 유리문 앞에서야 반대편 내 모습 훤히 보이므로

6

마음 걷잡을 수 없이 불어난 것이다 굶을지언정 돌아가고 싶지 않은 순간 있다면 그것은 발차신호인지 모른다 이제 그만 가자는 약속시간과 그저 급하게 허기 채우고 다시 오르는 발걸음에 그녀가 있고 그녀가 정작 자신으로 끼니 때웠다 아는 내가 있고 "어쩌, 어쩌, 아직 누가 안 탔어요" 시간 재촉하는 버스에서

7

일이 진행되는 추이가 아무려나

8

어쨌든 나는 그녀도 나와 같이 엉거주춤 내려서 뚫고 끈기만 있는 바닷가 바람을, 그냥 시간으로 빨려들어가는 그해 여름 더러운 침낭에서 하는 잠자리 대화를, 이를테면 내 입속 침이 구역나서 그에게서 떠난 날 내가 전부 삼켜버리려는 그런 침거를, 생각하는 것이다 출(出)하고 싶은 매순간

9

！그깟 일쯤 눈감아버리자! 일껏 먹고산다는 것 이렇게 참혹한가, 되돌아보기도 전 나는 훌쩍 그와 헤어졌다는 그녀의 생애 한 장면 파먹어가는 중이니

10

왜 그런 일. 그에게 받은 것 무참히 버렸다 생각했는데 빼내려 해도 빠지지 않는 날들. 나 야위어도 내 팔, 다리는 야위지 않으며, 기억 속에서 내가 없는 내가 종종 발견된다는. 순식간, 무수한 나로 늘어났다 사라지는 다종다양한 바닷가 갯것. 숨쉴 구멍 그것 덮고 마침내 사라지는 게딱지들, 골편 조각, 모래지치 닮은 흰 속살

11

발칙하게도 죽은 척 살아가는, 아무 일 없었던 모습으로 멀쩡히 보이지만, 진실로 숨길 수 없는 모든 것 믿어줄 수 있나? 혹 보게 되면 말해줄 수 있겠나? 햇빛은 치명적이라고……

12

누군가 나를 덮어주었음 하고 바라본 적 있다면 그건 또 하루가 뜨거워지고 있는 증거다 차광막은 없다 각화의 흔적. 지난날 갈무리하는 손톱만 길다 게걸스레 뻘 파먹은 다리 들어올린다 그러하니 해안에 주저앉은 가랑이 그 부드러운 진펄 속으로 흑발 소녀 전부(全部)가 넘어진다 그저 아무 생각 없이 느끼기 위해! 가장 편안한 자세로 숨쉬기 위해!

13

살아 있다는 느낌이 왔다

빨강머리 Anne

넌 뭐든지 골똘히 생각해
한평생을 살면서 얼마나 실망할지 걱정이 된다

다이아몬드는 아름다운 보랏빛 돌이라 상상했어요
그런데 어떤 아주머니가 다이아몬드를 낀 걸 보고 울어버렸어요
『빨강머리 Anne』 중에서

숲은 높아 금세 어두워지고 혼자 마차 몰았지 튀어오른 돌멩이, 모조진주인 양 귓불 데웠지 마구 우는 조랑말
괜찮아, 괜찮아, 지나가는 것은 다 지나가는 것
이젠 너도 괜찮아 책 한 권을 밀가루와 바꿨으니
말하고 싶은 얘긴 모두 책 속에 있어

입술 지워진 줄도 모르고 자주 허기졌지
맨 꼭대기 방으로 돌아가 조금씩 구름 뜯는 새 반죽하고 싶었지
쏜살같이 내닫는 바퀴살
붉은 석양은 영원을 정지시킬 듯 말을 몰았지

가장 큰 슬픔은 언제나 빨간색
나는 둑방길에 처박혀도 태연한 척,
어른의 슬픔 아껴먹었지 사실은

문장이 느닷없이, 멈추는, 예기치 않은 시간 무거워 첨벙거렸지 설탕 한 봉지의 마슈와 버터 한 덩이의 마릴라, 이스트의 다이애나로 부풀려졌다가
질푸른 지붕 얹은 석양빛
벽돌조 양옥
천애고아가 되었지

주근깨는 머릿속에서 지워버릴 수 있지만
저 하늘색만은 어쩔 수 없었지
하지만 지나가는 것은 다 지나가는 것
다락 깊은 집
칼집 내 구운 빵 냄새는 기다랗게 풍겼겠지
빵과 함께 딱딱해진 책의 첫 느낌을 찾느라 나는 오래도록 입 오물거렸지

언덕 위의 집

떠나간 사람들의 신발이 보였더랬죠 외짝으로 앉은
숨바꼭질이었지만 눈 뜨자, 꾸리지 못한 이삿짐 달가닥
이 빠진 소리 냈는데요 때때로 해진 빗줄기 그어져 갈라진
뒤꿈치 추웠더랬죠 뾰족한 잎들이 밑에서부터 말라가는데
나 역시 한 해를 살다 가나봐요

바람이 공병에 시푸른 입술 대면 나 언 손 불었더랬죠 할
머니는 그저 숨 안으로 궁굴리며 분꽃씨로 늙어가고 싶댔
는데 그때
나, 할머니의 꽃무늬 구두 반짝이게 닦아줄래요

온 산 활활 물들이는 소리, 등성이 타고 앞마당까지 내려
왔더랬죠 잡목들 파수 서던 언덕 위의 집. 날 앞서 늙는 씨
앗 수북이 배달됐더랬죠
지금도 마당가에는 배냇젓을 뗀 감꽃 마냥 져요 뚝. 뚝.
성급하게
해가 져요,

하학종이 들리고 사람 태우지 않는 화물열차 지나가요 기—일게 기—일게

나는 코스모스 돌아 집으로 가요 풋감을 드시는 그리운 할머니, 나는 왜 자라지 않나요

개와 늑대의 시간에 빗은 길 끝에

그때 문득 지나가는 빛
나는 네가 오지 않는 시간이 슬퍼 뭇별, 단 한번의 눈부심으로
둥그레지는 물그림자 그렸다
꿈꾸기를 바라는 나와 나의 희미함, 빗방울 얼룩이 되어도
너는 단 한번도 돌아보지 않았고
수천수만의 이파리가 눈동자에 고여 전혀 다른 나무를 휘묻이했다
이파리마다 다글거리는 나는 빛에 속한 세상,
헐떡이는 갈대숲의 잔이빨
사납게 휘어지는 울병의 날들
포착할 수 없게 순간으로 떠오르는 시간
한순간의 비약,

아무도 잠 밖으로 고개 내밀지 않았다
투명체로 떠 있는 빛들 되흘러와 나는 움큼의 알약을 주머니에서 털어버렸다 입속 쓴맛 같은 것은 대체 뭔가

그리 썩 많은 양이랄 수 없는 날들 동안
꼬리 잘린 들고양이식으로 갈대가 숨긴 아이들 그러나
긴 꼬리 단 연(鳶)들이 개천 아가미를 물고
산발적으로 흩어진 지 오래
너. 는. 돌. 아. 오. 지. 않. 는. 다.

조금씩 풀리는 수면은 막바지 비늘을 털며 잔굽이로 밀리고
나는 늑목을 타는 아이가 되어
기민하게 바람 올라타서는, 내려오지 않는
수천수만의 저녁
한 해가 채무의식처럼 지나도록 세밀 해묵은 말들에 속해 있었다

걸음 멈추는 일에 대해 생각하다

1

멈춰 있었다
신호등 점멸하는 이차선 네거리
셋이 담배 흡입하다 공기 한줌 거머쥐고 냅다 손목 꺾기도 하면서
술 덜 깬 낄낄거림으로 언니야 동생 먼저야 말을 걸 때
고공낙하하는 비행선의 폐곡선 만들며 신이 떨어지고
꽥액— 바퀴소음 귓바퀴로 들어찼다
대체 우린 목적지에 닿아 무얼 하고 있는 거지? 동시에 말문 막혔다
우리가 바라본 하늘이 쾌청이었나?
진풍경일지도 모른다, 속단키로 합의했다

현재의 짐 밑에 미래를 깔아뭉개 질식시켜선 안되는 것이기에
배달 나가는 남자가 무중력상태로 둥실 떠올랐고
돈 벌 때 신나하던 흥얼거림이 잠깐 대기 속 빨려들어간 것뿐이라고

티브이에서 보았던 초록 피의 외계인 그 명랑함으로 가장하자고
그들, 현실의 복판으로 하강해서 초록지구인답게 합의했다

2

산만하기 짝이 없는 아침 정거장에선 밥뚜껑 뎅겅거렸다
순식간 벌어졌다
목격에 의하면 남잔 불과 몇초간으로 자신의 신과의 거리가 멀어졌다
트럭으로 한 차 실어온 얼음덩이 길바닥에 부어진 듯
교차로 달궈진 공기가 얼었다
늘 익숙했지만 낯선 세계였다
급강하하는 공기가 귀때기며 덜미 덮쳤다
더께 낀 슬리퍼짝과 밥덩이, 찌그러진 메탈릭 번호판이
몸집만 불린 물체덩어리의 단조로움으로 엉겼다
스쿠터와 남잔 흡사 목사슬 찬 도사견과 다리 물린 주인을 연상시켰다

미심쩍은 마음에 누가 이빨 박혔나,로 으르렁거리기도 전 삶이
송두리째 입 다물린 지경이었다
복판거리는 참을성 있게 조바심을 누른 채 평탄치 않은 방향 쪽을 틀어막고 있었다
한데 모아 갈아붙인 피투성이 냄새 실감하고 있었다
사강의 '나는 나 자신을 파괴할 권리가 있다'라는 건
애당초 입증될 수 없는 일이었다

셋이 함께한 시간
현장보존, 정밀검사, 구속연행이 먼저인가를 놓고
실직한 시나리오작가와 현재 백수시인과 미래 영화감독이 진술되었다
지나가는 슬픔 보았노라 고개 조아리고픈 청명한 날이었다
생존경쟁에서 열외된 초록지구인다웠다
그들, 파닥이는 심장에 빨간 피를 공급하고 있었다

누가 함구라고 언급하지 않아도 서로로부터 묵시의 약속 젊어지고 돌아와

굴림체를 바꿔보았다

3

차부터 뺍시다

그들, 바라다보며 여태 초록등 앞 꼼짝 않고 서 있다

직소퍼즐

식빵처럼 부푼 길 새들이 먹어버리고 헨젤과 그레텔은 풍경 통과해 가버렸어요 지그재그로 갈라진 숲속 조용해요 혀는 가위눌린 듯 뱉어지지 않아요 속 빈 대나무의 심장 떼어 다리에 붙이면 무럭무럭 자라는 무릎뼈가 된대요 그 속에 아아 하고 울음 터뜨려도 아무도 듣지 못해요 퍼즐판 위 뻥 뚫린 구멍을 찾지 못했거든요 해질녘이 다 되어도 몸통은 완성되지 않아요 아직은 헐렁한 바지가 절벅절벅 다리 끌고 하얗게 질린 달은 소년인지 소녀인지 모를 얼굴 비춰요 머리에 달라붙은 발가락을 내려놓고 싶어도 어느새 빠진 이로 바람 불어요 뒤집힌 활엽수 이파리마다 실핏줄 툭툭 불거졌는데 부옇게 살 오른 손가락 사이로 침이 흐르면 낯선 얼굴들이 엉겨붙기도 한대요 그렇게 나는 밑그림이 되어 밀려나가요 꺾은 나뭇가지에 오른팔을 끼워넣으니 왼팔이 되어 안녕, 손 흔들어요 멀리 과자집이 보이네요 나의 얼굴은 몇번째 블록을 지나야 찾을 수 있는지 이제는 엎어져도 울지 않아요 어긋난 턱이 덜거덕덜거덕 해골 같은 웃음을 흘리잖아요

세상의 테, 달

이를테면, 대답을 먼저 밤에 붙이라 도리어 많은 걸음의 낭패 뒤, 기울고 찬 달 흐른다는 거 알았을 테다

달 내려와 차단한 문. 물드는 천장 아래 사람들 잠들었다

방지턱 소음 들이치는 뒷문 앞. 오지도 않는 잠 청하러 가는가 소방차 몇갤런 화기의 무게 들린다 몇날 며칠 태어나 처음으로 보이는 지금이 꿈이다

거들떠보지 않는 용서 따윈 빌지 않으리라 그렇지 않다면 이 도시에 거주하는 남녀 그리고 자신이 얼마나 어리석게 여겨지겠는가

달뜨던 가슴과 구름이 소멸로 향한다

어설픈 동정 떼어버린 소년이 간다 아끼고 돌던 땅딸막한 개의 정강일 차면서 지쳐버릴 때까지 걷는 길 바퀴가 돈다 테두리의 시속으로

어린애같이 군 바람만 차지한 인적 없는 골목

어둠 감싸들고 콜타르처럼 두껍게 발린 고함이거늘 고양이눈알로만 부리나케 불 켜드는 언어의 가건물, 2시 정각 발포 포장도로가 바야흐로 일어남직한 불안의 차선으로 치

닫는다

고이 흐르는 도시, 앰프 틀고 상황 증폭시키며

오늘은 바울이다 "지겹다 없지 않느냐 말이야! 비도 비도" 몇 말마디 중얼거려도 대체 성한 게 없는

이제사 갈라디아서 읽는 어머니여 겨울 콘크리트, 턱없이 부풀어오른 희망의 모습으로 검정 비닐봉지 하나 급속도로 길 간다 그럴 경우 바람은 조금 세차다

그리 놀랄 것 아닐지라도 믿기는 힘든, 부랑이 어제오늘의 거리를 끌어낼 테다

자신 거두고 세상은 거기 두게 하려고 부엌마루 올라선 옆집 자매는 어른눈 닮을 테다

여태껏 동정 품는 데 인색하지 않은 동네, 단단한 어둠의 젖꼭지 깊이 빤다 칼자국을 주머니에 찌른 소년이 간다 소년병처럼 눈물까지 어려서

어른거리게 만드는 달빛

접이칼식으로 벼린 눈 번쩍 뜨사 갈라 터졌나이다 시계 벗어날 수 없나니 이 땅이 재건된 것처럼 금지된 일이어도

누군가 있어야 한다
　멀찍이서는 엄동의 별빛 또록해지도록, 또록
　무슨 소리인 양 구르다 포위태세로 차단되었다
　감감 생이별이다

　지금이 15분전 2시께 출입 삼간 채 누웠던 누군가는 한 사람이다 '아무데도 안 갈 테야!'
　없는 것밖에 없는 꿈 그것만이 분명한 거다

아직도 당신에게는 철 지난 양광이거든

차디찬 양광 깎았네 끊임없이 둥글게 깎는 동안
차디찬 손도 마음도 깎인 것도 둥글었네
때로 하늘이 착 눈에 감겨, 잎을 흔들고 있었네
두엇 모여들더니 기어이 한바탕 돋아올라

차디찬 양광 깎는 동안 같은 눈발들이 마구 내려
건너편 어린 녀석들 그림판 위를 맨살로 뛰었네
엄마, 얘 보래요 쉿
마악 움켜쥔 책장만큼이나 가볍게
그러나 그 낱장 뜯으면 지속되지 못하고 미지의 책이고 말 그런 세상이었네
세상을 안다는 몸짓 땅에 엎드렸네
입 오그려 대지에 닿는 것은 첫 세례식처럼 빛났네
물끄럼한 시선, 발부리에 채는 눈, 낮은 조도가 새의 날갯짓으로 대기 껴안았네
철 지난 양광이 투—욱 떨어지고

침상 걸터앉아 그윽이 그어보는 풍요로운 지평

입술살결의 색채들, 열두엇 묶음씩인 크레파스
많이씩 먹고 구령 붙여 정돈해봐
링거병에서 똑
똑
똑 가지런하게 해 다 빠져나왔네

그런데 너 말야, 너
모든 사람이 한 개 따끈한 햇덩이로 흘러다니는 거 아니?
허수이 흘릴 일이란 없다는 거
희고 재빠른 손놀림이 차디찬 양광 다 깎기 전
차츰 말아진 달달한 향이 눈 감겨주었네
늦가을 스케치는 바닥에서 그려졌네
이인삼각경기처럼 삐뚤빼뚤 제멋대로지만 세상이 이런 곳이었어? 싶게

나도 따라 말하고 싶었네
엄마, 별반 다르지 않아. 곪아 질척한 부위 툭 베어먹으면

막돌 위의 저녁 햇살처럼

그러니까 십구년 전 잉어를 따라가보는 겁니다 마흔 노산인 엄마를 위해 구해온 잉어는 저의 몸통만했습니다 빨간 고무함지에 담아 목욕재계시킨 후 배를 따려던 그 모습 생생합니다 펄쩍 뛰어오르는 것을 보고 지레 겁먹은 열한 살의 나 상에 오른 그것을 보고도 무섭기만 했습니다 두둑처럼 솟았다 떨어지는 은빛 동살, 보이지 않는 초릿대로 챔질하는 아버지와 잉어가 서로 물려 놓지 않는 그 순간의 힘이란. 기어코 네 살을 잡겠다는 것과 내어줄 수 없다는 축이 한나절 빙글빙글 감고 있었습니다 홧홧해진 열기 아궁이로 들어서고 후끈, 핏발 선 서로가 퍼덕거렸습니다 범랑냄비와 다기가 달그락대고 다리 부러진 밥상이 후들거렸습니다 마침내 호벅진 살을 가로타고 출렁거리는 잉어와 아버지는 한몸과 다르지 않았습니다 구들목까지 노골노골해지고 일시에 눅눅한 솜이불 냄새 구름처럼 둥싯 떠올랐습니다 빼도 박도 못하고 애옥한 살림에 입 하나 늘었지만, 막돌 위 저녁 햇살처럼 열기 빠지고 환하게 밝아지는 낯빛이란. 아마도 그런 것이겠지요 나이 터울의 노산으로 태어난 동생이 여태 잔병치레 없게 하는 어떤 힘 말입니다

여인과 우유 단지

어쩌다가 난 우유가 병아리가 될 줄 알았네요

돌부리만 없었으면 난 병아리 고 조그만 주둥아리가 부리가 될 줄 알았네요

닭이, 돼지가, 소가 될 줄 알았네요 박살나지만 않았으면 박살나지만 않았으면

단지 여인일 뿐인데 우유가 있었네요 기어이 간절히 넘치는 우유가 있었네요

수수한 옷차림으로 붉은 밭 걸어갔대요 장에 내다 팔 우유 단지 인 머리가 탐스럽게 출렁출렁했대요

묶음새로 흘러나오는 한낮의 태양 때문에 그림자는 단수수의 부드럽고 느릿한 입놀림으로 씹다 뱉어졌네요

숱한 병아리를, 닭을, 돼지를, 소를 품은 우유가 머릿속에

서 드넓은 목초지 심었네요 그러기를 수수 수수 수만번

빛나는 순간을 밀고 가는 바람 속에서 풀을 뜯기고 나는 낙엽까지 긁어모았네요 어른이 되어줄 아기도, 그렇게도 불안스레

뜨개바늘로 느릿느릿 코를 늘려 말 풀어놓고 함께 그림 같은 집 그리고 치즈를 굳히고 식빵으로 그림도 지우면서

돌이 아니라면 깨지지 않았을, 윤이 나는 단지 영영 잊지 못할 단지

어쩌다 어쩌다가 아니고서야 다 나, 몰랐겠네요 무수한 순간의 하나로 다 몰랐겠네요

우유를 담기 위해 한 줄 터진 가슴팍 마저 잇고 무명으로 만든 앞치마 척 두르고 있을 거네요

피부는 희지만 마음은 노예인, 예기치 않은 순간 보인 세상의 이름 모를 모습들요

불모의 땅에서도 자라는 사랑은 미칠 듯 가렵게 농익은 봄날로 뚝. 뚝.

움

과거여, 잘 살고 있는가
수십억년 지났으되 수십억년이 다 지난 것만은 아닌 살아 있음으로

셀수스 라이브러리 가는 길 우는 낙타가 나타났다
내가 소녀 그리고 혼자였을 때
마침 뱀무밭 가 흑염소를 만난 듯 우두망찰 섰다 갔다
부근 산야 무화과를 따먹고 셀 수 없이 철망 둘러친 먼지거리 걸었다 장사치도 노점 먹거리도 없는 거리 오직 그 열매 길 튼 그 길밖에 없었으므로 열망의 때 전
목마름 밟고서도 그 거리의 문법을 몰랐으므로
말과 글 사이에 낀 내 몫의 처사는 달게 받겠다 했다
유적지 파헤치는 무더위는 50℃ 육박하고
죽음의 임박이 아니라면 견디지 못할 것 없기에 나의 체열덩어리로 낙타를 몰았다
입주름을 만드는 열림과 죔, 여물주머니보다 질긴 시간이 요구됐다
통째로 미지근하고 척척해 상상이 필요한 구멍은 세계의

끝이냐? 동굴이냐?

지도를 간단히 반으로 접었다 방점 찍었다

타국과 본국에 간단한 구멍 뚫렸다

어느 책에선 석달열흘 죽으로 된 산 파헤치면 게으름뱅이 나라 입구라 했다

그래서 그때 나는 떠났다 갸륵다

죽으로 된 산 죽으러 간 산도 아니네 그 이름이 옮아붙도록 숨 트인 산 입구 찾기 위해

기어이는 산에 들련다 숨이여, 차라!

지도 따라 들어가며

여아때부터 새끼발가락이 죽은 나냐 아홉 개의 산기운으로 절벅대는 나냐 작달막하고 더뎠던

그 더딘 걸음으로 고른 영혼에 발병 붙이고 가는 발목과 젊어진 어깨 실어 끌며 가슴 맺혀

폭염에 향과 맛 터뜨리는 여체냐

낙타 근골이냐 되새김질하노니

왜 덩치 큰 짐승은 풀 뜯고 거대해지고 멸종하는지

아, 어린 나 같은 것과 나는 성장이 닫힌 세계 안에서 동시에 울었노니

마침내 말과 글 감히 단정컨대 두 개의 충돌이나 결합이 필요치 않을 수도 있네

우리는 몇겹을 거쳐 우연의 일치에 안착할 수 있다
암산(巖山)이었다
한 걸음도 전진하지 않고 하룻밤 동안 감은 눈에서 카파도키아 계곡(Cappadocia valley) 세었네 아주 갈 수 없는 계곡을

山
오르솟아 융긴가 거무죽죽한 밤의 협곡인가
셀수스 라이브러리 산악지형 막아 낀 낙타가 울었다 두굴두굴— 굴러내리고 귀로 말다툼이 붙었다
그렇지만 너무 멀리 가진 마 가! 돌아오기 힘들단 말야
X를 근 손가락이 무더기로 달겨들었다 제멋대로들

너 따위가? 너 까짓이! 니미 니 현실 끌고 가? 그렇게도 생겁하게

듣다가 헷갈렸다 불도저가 땅을 밀어붙이듯 내가 잘겁스럽게도 아, 가깝기도 하여라아 일 밀리도 빠져나가는 걸 허용치 않으려는 실측이여 백만분의 일로 축소된 세계전도여

돌이켜보건대 너 따위 왜 이렇게 해줄 수밖에 없었을까

손수 지체없이 되돌리고 싶었네 둘 중 하나는 없는 시점으로

중동

더 미들 이스트 입천장이 둥근 돔 형태로 부풀고 혀 가운데가 구부러졌다

유럽의 동쪽 끝과 아시아의 서쪽 끝은 확연히 다르다 터키는 접경지대다

짐을 입에 걸머진 사내였다 눈 파랬고 그 자리서 하늘 높았다

대지 달구는 공기는 대기하고 있었던 듯 그의 입을 통했다
짐승의 등에 머물겠냐는 말은 알아들었지만 밟히는 폭양의 무화과를 터뜨렸다
확확 단 폭약 같았다 길을 당기었다
몸만한 짐이 무거웠다 마음만하지 않은 몸에 체열 얹었다
흠집투성이의 발가락 갈라터지기 일보직전의 고름집
짐꾼은 객(客) 없는 고삐를 따르고 나는 쓸모없는 손 되어 낙타를 따르며 행로는 우리를 동일선상으로 따르게 했노니
지프차가 땅바닥에 채찍을 그었다 확! 살벌이었다 갓길로 가렸다
!
확고한 다릿심이 빠졌다

사내의 손이 재차 수통과 안장의 방울 흔들어주었노니
아실 터, 바짝 마른 입속에서 숨이 잘 탔다

여타 감정과 경탄으로 동요되었던 눈이! 귀가! 입술이!

실상은 세월을 감내한 유 적 지 란 걸 터득했노니

까마득 빨려들어오는 가위 장관인 산

하나, 그 아니 가련하므로 나 대체 무엇을 보았는가

무화과를 빼문 더위로 여행지의 낙타가 울었다
울음은 산고가 들어 비대해진 몸집으로 어찌할 바 모르고 있었다 —움, 이라는 명사형 'ㅁ'—스스로의 유폐는 말한다 병사하지 않는 괴로움 차가움 역겨움 지겨움 가여움 미움 노염 흐느낌 싫음 동굴보다 더 많은 기질과 질병들이 오장과 육부로 복제되어 동물의 새끼를 받는다고 예고된 동물의 시름이어라

그 각기 공통점을 이어 다이어리에 Celsus Library의 아리따움으로 옮겨 적었노니
그것은 다름아님과 같다 곡절로 머문다

*

* Celsus Library의 아리따움: 셀수스 도서관 이르는 길의 낙타. 투르키시(Turkey) 사내. 도로에 깔린 무더위. 혼자 몰기엔 멀고 요원한 길이 생기기도 하여서. 사람임. 가슴팍 태워먹는 목마름. 집어삼킬 수 없는 그리움. 종내 고통이 가져다주는 여정의 감 미 로 움 이 빨 로 으 깨 져 혀 휘 감 아 리 드 미 컬 하 게 전 신 으 로 퍼 지 는

무화과의 맛

느린 타악기의 악음(樂音)으로 시작해 점점빠르게 혓바닥 울렸다 설음(舌音) 넘어 아, 혀뿌리 넘겼어라

반박의 여지 없이 외로움을 탔다

여전 몸 달은 동물의 시름이어라 저문 길에는

내일의 일조시간을 기다리는 덜 여문 과실이 싱싱한 꼭지 매달고 있었노니 아직 체념을 아끼는 삶의 이름으로

모든 과거 집어삼킨 나는 고요롭노니

가늠될 수 있는 가치 있다면 그것은 릿지(ridge) 山과 産

너머 세계의 미지로 뛰어듦 아니네 기복 물결치는 山과 山 말미암은 구멍 아니네 끝에 이르면 반드시 돌아오는 쳇바퀴 아, 다만 여기 있고 당신이 거기 있어 닥쳐오는 공명 단단코 하찮은 돌멩이 굴러옴이로니

꾸짖고 있었노니

토로컨대 날 덥도다

그 길 컨트리 로드

아, 다음에는 허사여도 물어볼지어다

그때 왼쪽과 오른쪽의 운동화끈을 조여묶겠다는 생각이 수류탄환처럼 막아 잠재웠다고

삶을 덥석 깨무는 지독한 생병이 스며 풍기었을 뿐

그만 한풀 꺾였는가 폭염

충분히 본 터였지만 입하부터 몸 덥노니

그 나라에서 내가 훔쳐낸 것은 땀이었다 손을 뒤집었다

소나기밥

헹궈낼 수도
닦아낼 수도 없는 그릇,
그냥 부리고 살았다
눌은밥에서 미소한 고기맛이 났다
쓰윽 목구멍으로 넘어가는 숟가락은
언제부터인지 매일을 야금야금 앗아가고 있다
한사코 씹어 비우려 할 때 그때 알았어야 했다
날씨도, 배고픔도 식별할 수 없는 날이 있다

언제나 혼자 먹는 밥의 초라함으로
그릇보다 더 많은 양을 주는 그 식당
강판에 갈아낸 양파처럼 매운 빗줄기가 내리고 있었다
신물이 끓어
끼니 때웠다 마른 입술 축이는 누군가의 거짓말

스테인리스 숟가락으로
단 한번의 약속장소에서
다 그르친 노릇이라 혀 차는 물구덩이 퍼담고 있었다

서슴없이, 이제는 실컷, 되새김 따윈 지겹다고, 애저녁에, 가고팠다고……

먹어버리고 싶었다 부식되지 않는 숟가락째

지독한 사랑의 기근 속 굶주리지 않는 식욕을 찬밥덩이로 헐운 위장을

스펀지에 떨어진 물이 그것에 흡수되어 종적 감추듯

살이 불어 채우고도 모자란 기다림

삽시간! 빗나간 삼십삼년의 시간 먹어치웠다

남자가 비설거지로부터 벗겨질 때까지

우산 거머쥐지 않는 여자는

산성비를 눈동자에서 허여멀거니 게워내고 있었다

거무룩 부어오른 어둠속 위장(僞裝)이었다

바다로, 발다로

어느새 바다다
턱 끝까지 차지만 온 자취 감춰버린 눈
돌아보지 않기 위해 나 소금기둥 되었을 거다 너로 해서
해안선은 유리세공인 양 둥글게 부풀고
바람은 깨진 플라스크의 주둥이 통과한 듯 뷔익— 불거다
파도에 달 녹아버린 것 같아
무심히 내보이는 말
이제 떨어지지도 않아 마—안(灣)이 터진
바다 연신 덮이어 횃불로 펄럭일 거다
몸서리치게
불어닥치는 바닷말 얼마나 차가운지
기다리리 눈 다져 미끄러지는 하늘 얼마나 쓸쓸한지

초설(初雪) 받아내느라 외로운 해마가 기우뚱,
내가 꼭 여기 있을 거란 생각은 하지 않았지
살비듬 하나 없이 발겨먹어라
그래 버려라

첨—벙—

첨—

내어던진 얼굴이 함부로 쏟아질 거다 때때로 네가 떠오르지 않을 거다

가물거리네 한둘 아니, 수많은

물고기는 물고기를 몰고 가시지 않는 추위 살 바를 거다

(돌에 새긴 돌 칼에 새긴 칼)

소금기 허이연 머리칼

바다에 달라붙은 폐그물 검고 드셀 거다

네 얼굴은 느린 바람 같아 내가 지금 네 자리에 멈춰선 것 알지 못할 거다

우 린 완 벽 하 지 않 아

무얼까, 지척의 인기척을 깡그리 쓸어가는 것

물러앉은 팔뚝에는 닻 없고

나트륨등으로 급속히 어두워진 밤중에는 나 없을 거다

이토록 겨울 줄이야 덧없이 간데없어

기억으로 뛰어든 시간

향유그릇 같은
곡면 밖의 한 점. 조개 줍기

그리하여 나도 거기까지 가는 거다
키 큰 사람이 되는 거다 봐도봐도 천지간 홀로인 거다 설명할 길 없어 내일은 육지바람 불 거다

숨겨진 껍데기는 어디 있지
헤일 수 없는
안개
정체
네가 날 찾을 즈음엔

나미비아에 당도했을까, 당신

하루에 두 번 오르내렸어 바다는 처얼썩 쏴아아 아아—
사랑이라는 먼뎃소리
당신, 격류에 찬 이월 바다의 빛깔은 무얼까 오직 파랑 아
니 눈먼 노랑 아니 희박한 초록빛 등덜미…… 발광하는 여
분의 색 찾느라 당신은 그만 날 놓쳤어…… 망실…… 망망
대해 그것조차 감정의 문제였을까
나 바닷가 언덕에 나앉아 나비는 어디로 날아갈까, 시집
의 말을 외워봤어
제 스스로 폭풍을 만들기 위해 떨어지고 떨어지는 중이
라고 말한다면 당신,
남극의 차갑고 깊은 물결 연해 밀어
숨긴 심정에 답해줄 수 있을까

기세 좋게 파랑 치던 파도소리 기다렸어
도시의 건축물 그 혼탁한 그림자 세워지고 무너졌어
밟으면 꺼져드는 육지 딛고 나는 조차를 생각했어 그렇
게 부동으로 한 해 한 해 계속 속으로 들어갔지
한번은 잔구름 등진 드문드문한 솔숲에 앉아

훙강처럼 벌어진 그늘막에서 횡허케 나조차 쓸리는 소리 들었지

소식의 소식으로 밀려가기를 그러는 사이

이월 하늘은 희게 떠가고 길쭉한 나무들은 밤 깨워놓고 겹소리에 휘감겼네 처얼썩 싸아아 사아아

그대로 모래가 되는 줄 알았지 그냥그렇게 거듭 바람을 사람의 입으로 중얼거렸어 싸아아 사아 아— 모래…… 모래

너무 나무라지 말았으면 그것이 내 바람이었어

두어 해 사이에 모래사장 쪽으로 지치고 지쳐가는 거

마음 얹히고 지금지금 밟히는 밥알들

머무른 육체를 등지고 발설할 수 없는 마음 어디에?

젖지 않는 나비가 영영 모를 그곳 실어보내네

백사 해안 미아 같은 심정 그치 그렇겠지

폐에 물이 차오르듯 폐허에도 물이 들어

속 죄는 어느 곳만을 헤맨다면 회오(悔悟)는 이미, 이역만리 홀로그램으로 별 붉은 사막이겠지 거칠어진 마음 여기 그저 아픈 색 있을까? 있겠지? 저기, 당신?

문씨네 가계 고뿔 걸린 문설주

뚝뚝 수돗물 소리 밤을 흠뻑 적셔도 굽은 잠을 자는 식구들 애벌빨래처럼 하루의 노독을 꾸덕꾸덕 말린다 마당을 가로지른 빨랫줄은 추위를 참으며 빨갛게 얼어간다 맵찬 바람에 문설주가 한밤내 아근바근 벌어지고 있다

할머니 잇바디에서 새어나온 바람은 윗방 문설주 틈 사이로 분다
고뿔 앓는 밤, 어린 고양이로 가르랑거리다가 얼마나 추운 길 걸어왔는지 여닫이 문고리를 잡는다 웅웅 앓는 소리가 차가운 방고래 맴돌아나간다

간밤 화장실 곁 움파는 푸릇하니 살아 있고 아버지 미어진 구두 수가 늘어나 있다 발목에 차이는 언니의 복사뼈 불거져 뜨겁다 새벽녘 수돗물 소리 여전히 쿨룩대도 창가에 놓인 미나리 순은 겨우내 문씨네 가족의 입김으로 눈을 틔운다 한차례 재벌빨래를 더 해야 한다 하, 금간 하늘을 붙잡고 눈이 오고 있다

물렁물렁한 심장

초는 뜨겁게 녹아내려요
로즈마리, 라벤더, 바질, 아이리스…… 모두 그리워하는 향입니다
내도록 시계추는 축 늘어지고 시간이 하염없이 빠져나가 버려 나 녹초가 되었네요
초는 방 안에 갇혀 있었죠
노랗기도 녹색이기도 한 빛이 벽과 침대, 내 방에 위액과 함께 넘칠 때
얼굴도 십여초의 정경으로 흐트러졌다 사라집니다
우그러진 사진과 포마이카 옷장이, 깨진 거울이 촛불 맺혀 저마다 바삐 나부대는 것 봅니다
방이요, 참으로 고요합니다
시끄러움을 먹어치운 정적 너무 커서 질끈 연기로 사라지고 싶을 정도니까요
나는 잠깐 장작더미 속 화형당하는 마녀가 뜨거웠을까 상상합니다
고요란 말예요 고스란히 타오르는 나와 나의 그녀를 살펴보는 것이죠

사랑하는 동안 내 모습 보이지 않아 거울은 눈멀고 가슴은 드러났죠

불꽃은 물렁함으로 이 밤 밝힙니다

장기도 생기롭게 숨쉬며 물렁해진다는 것 알 수 있어요

붉기도 진하기도 더한 위장의 실체가 뭍으로 끌려나온 숨 펄떡거려요

그것은 통째로 으깨져 냄새를 빨아들이고 방 도처에 출렁입니다

형광등은 퍼덕였다 진 줄 알아요

불시에 켜진 먹통

도망치지 않는 심장에서 두터워지는 마음 봅니다

그와 그가 쥔 칼의 마음도 순수하고 무서웠습니다

겨눴고, 목이 타들어가며 뜨거웠네요

울컹, 토해지는 불의 물

몇미터 몸 세울 수 있다고 퍼져나갔습니다

초침 꺼지고 연기가 숙어졌네요

자정경인가요 열에 떨고 일어나니

어둠이 눈 아래 마스카라로 번지고 체온 꺼져버린 것 같아요

촛농은 얼굴 드러낸 고요에 매달리네요

구분하기 어렵습니다 가면

같죠? 시간의 퇴적물, 사타구니 타고 발치까지 흘러내린 심정 말이지요

내 칼의 이야기가 어떤가요, 당신의 심장에 꽂힐 수 있을까요

치인의 사랑

테이블의 둥근 잔을 말갛게 돌려놓고
페이즐리 문양 위로 우는 여자가 놓여 있어요
정말 화났던 거니?

질려서 터진 외마디,
잠자코 주머니 한 벌 발치에 내려놓곤 얼빠진 혀로 맛을 보아요
닥터페퍼에 혀가 녹는 걸 보면
농밀한 맛이 느껴져
맛이 맛있어요 말하고 싶었어요

밀기울이 든 셔벗, 팻, 팩, 팽
청결한 화장지를 뭉치는 손은 단단하죠 하얗죠 던져졌죠
탄산도 과자도 버리고 아이스크림만 홀랑 먹는
버릇이었어요 일순간이 녹는 거죠
절대로 일어나지 않을 일들
지나쳤죠 당신은
접시 위의 깨어진 꽃들,

폭풍우의 바람다발
개흙으로 돌아온 발자국에 가슴패기를 앉히죠
안쪽으로 휘둘린 울음도 잠시, 푸른 핏줄의 발정난 펄떡거림
으스러지는 모습도 어쩌면 닮았는지 모르죠

순수한 설탕이 없는 동안 손끝은 빨갰죠
없었어요 머 릿 가 죽, 당 겨 진, 모사로
설탕도 당연 없겠어요 싸구려가, 처치곤란이,
할당된 시간밖에 없어도 지나쳤다구! 앓았다구요
비—이—일어먹을—
손수건만 개줘요 그리고 쫓기던 요일들은
끼어들지 말라고!

그러다가, 드나들다

착각, 착각
겨울 탑골공원 낮은 함석집
어긋난 가위소리가 따사롭던 어머니 손길인 듯
두 눈 감고 있는 노인들
공원 담같이 줄지어 앉아 있다
삼각 간판 위 다복다복 쌓였던 눈 미끄러지면
살짝 언 얼음판에서
느릿한 보폭을 줄이다가
한번쯤 뿌연 창을 들여다보게 된다
한쪽 벽면에 붙은 춘화가 더이상 춘화가 아니고 춘(春)화(畵)처럼 따습고 아늑한 풍경이다
흰 가운을 입은 이발사가 데려가는 꿈길로
까무룩 잠이 들면
복두쟁이에게 들킨 임금님의 귀 되어 감추고 싶던 곤한 사연까지 잘리는 곳
쓰레받기에 네 것 내 것 섞인
머리칼은 어디로 사라지는가
설설 끓는 주전자 훈김으로 흐릿한

저녁 공원길은 어느덧 가르마를 닮았다
사십년째 짯짯한 빗으로
마지막일지도 모를 길 터주는
구부정한 이발사의 성긴 정수리가 훤하다

덕트 테이프

소실점은 언제나 멀리 있다
바람결에 하르르 몸을 떨면 끈끈한 된침이 흘러나오네
속도를 탓하지 말라
하염없이 빠져나가기만 하는
시간의 불야성,
야광체에 홀리는 것들은 언제나 다족류로 무리지어 다
닌다
이 어둠 맹렬히 내달리지 못하면 따라잡을 수 없나니
이면도로의 H빔들은 벌겋게 시들어가고
발포도장된 도로는 한없는 내일로 뻗어가네
생시멘트 위에서 버티는 힘이란 쉽게 생기지 않는다
울짱에서 밀려난 수인(囚人)으로
높은 담, 좁은 낭하, 닫힌 창 앞을 맴도는 것이다

그리하여 드문드문 박힌 화강암 포석에
푸르게 찍힌 너의 극지는 어디냐
새벽은 멀고 밤이면 기타리프처럼 웅웅 퍼져가는 폭주,
떨켜가 없어 떨어지지 못하는 목숨

땅 위에 매달린 채 뻗는 덩굴이니까 생이 이젠 황홀이니까
비상할 듯
철책에 찢어진 옷자락 펄럭이는
끈덕진 북두갈고리야,
바람을 빌려서라도 이젠 내게도 말해줘 우웅—

전선 위의 물방울들

전선의 기울기 따라 흐르는 빗방울
전선 위의 새는 보았어도
전선 위에 온몸으로 매달린 물방울은
유심히 보지 않았으면 평생 몰랐을 풍경
떨어질 듯 떨어질 듯 떨어지지 않는 서커스
비 듣는 나무나 자동차, 기껏해야 맨홀 뚜껑까지만 바라
본 눈으로
전선 위의 물방울은 새로운 풍경
수많은 구름의 형제 중에
하필 좁고 좁은 난간 위에
위험스레 발을 딛고 선 물방울들
온종일 코가 스칠 듯 지나가도
보지 않으면 보이지 않는 숨겨진 진수(眞髓)
검은 피복 속의 몇만 볼트 전압과
투명한 물방울 속 구름의 무게가 만나는
한평생에 걸쳐 볼 수도 없는
가공한 힘,
튀어오르는

놀라운 점프력을 숨기고 있다니!
새치름한 눈망울로 전선 위의 물방울 쉼없이 굴러간다
착착착 손을 맞춰
둘이 하나가 되었다
하나가 둘이 되는 공중곡예

둥근 지구 돔에서는
가끔 번개가 조명처럼 번쩍이고
우레와 같은 박수가 터진다

복사골

비탈에 접어들어 집이 있었는데
구불구불 달동네, 길 잃은 적이 있다
낮에 눈부시게 환하던 국숫집도 문을 닫고
하얀 숨결 고르다 툴툴대던 솜틀집,
고물고물 뜨거운 가래떡 뽑는
떡집 소리마저 멎은 저녁

한때 드라마 단골 동네인 골목에서
연탄 한 장으로 고아내던 다디단 '달고나'맛에 취해
시간 가는 줄 모르고
언덕배기 예배당의 십자가를 침 발라 떼어 먹었다

길 잃어버린 그 저녁 이후
복사꽃이 무슨 꽃인지도 모르면서 복사골에 살던 내게
어머니는 입버릇처럼
해 지기 전엔 집을 꼭 찾아와야 한다, 하셨는데

머리 위로 밤이슬 내리고 골목 어귀에 닿았어도

들창 열어 포름한 저녁 밥상에 앉으라, 부르는 어매 없고
이제는 돌아가야지, 다독이는 누이 없이
길은 자주 꺾이고
나는 또다시 길을 잃었다

이제 오금껏 뛰놀던 그 골목 지나도
정말 도원(桃園) 같은 그곳이 있었는지,
복사꽃처럼 별이 새하얗게 돋는 밤에
내 귓가에 저렁저렁 울리는 저녁 종소리

해 떨어지기 전에 돌아가 잠들어야 할 곳
도화동 복사골 첩첩 쌓인 달동네 집들이
복사꽃잎 몇낱 묻히며 가만히 내려다본다

성에꽃

옥탑방, 창에 대고 입김 불면 하얗게 얼어붙은 한 무리 되새떼가 날아오른다
북쪽은 어디일까 성에가 녹은 자리로 골목을 굽어본다 바람이 허랑한 몸속을 맴돌아나가고 여린 날개뼈가 결빙음 내며 다시 얼어붙는다
새들의 흰 뼈가 쌓인다 하늘은 이름 없는 무덤으로 흐려진다

나는 잠 속에서 날개 포륵거렸다
시신의 버드러진 기운처럼 겨울비가 내렸다
나는 제 무게를 이기지 못해 떨어지는 것일까 으르르딱딱— 이빨 부딪치면 흰 사기들이 창틀에서 부서져나갔다 약한 것들은 제 몸이 부서질 때마다 소리를 냈다
내가 깨뜨린 사금파리가 발밑에서 차갑게 얼어붙고 있었다

해는 산그림자 속으로 떨어진다
창에 볼을 문대면 푸릉— 콧김을 내는 짐승이 날개 젓

는다

비상(飛上), 비상(飛上)…… 나는 가만히 손가락 대고

손끝에서 반짝,

보안등 아래 물방울이 조랑조랑 달린다

세상의 기울기가 다른 곳에 고드름이 매달려 있다

새들은 북쪽으로……

손톱자국이 나게 유리창을 긁으면 맹폭한 짐승이 부푼 날개로 쩡! 날아오른다

온종일 하늘 어둡고

실핏줄 뻗치는 성에꽃, 눈부시게 터진다

참붕어가 헤엄치는 골목

붉은 지느러미 천막이 펄럭이는 리어카에서
노글노글한 반죽 치대는 부부
싱싱한 붕어를 물어올리고 있다
뱃속 가득, 통통하게 팥알 밴 것들
건져내기 무섭게 봉투에 담긴다
비스듬한 둔덕에서도 참붕어는
오촉 백열등을 집어등 삼아 우우 몰리고 있다
은근히 구워진 틀을 지나
발깍거리는 어망을 닫고서야
불의 물살이 원반으로 돌아간다
서로 겯고 눌려 훈훈한 입김 뻐금대고
녹진한 열기로 몸을 덥힌다
새까만 빵틀 속 붕어가
겨울밤 서서히 익어갈 때
불빛에 홀려 건져올려지는 것들,
골목에 한 봉지씩 따듯한 물길이 튼다
가끔씩 손을 비비다가 서로의 손을 맞잡는
붕어빵 부부 손마디마다 입질로 달궈진 손끝이 빨갛다

고른 철망에 받쳐져 몸을 뒤척이는 참붕어,
골목으로 헤엄치기 위해 겨우내 산란중이다

울지 말아요 소리없이, 하얀 도화지는 하얀 도화지일 뿐이에요

나붓 복사꽃잎 붙네 겨울눈 멎자 시립 애장터,
살 오른 아기의 젖꽃판
희붉었을까, 애처로이 붉다라는 생각 애잔해라
봄에 눈멀었거늘 가까운 날개
이즈음 허구렁으로 몰락 떨구는 봄이네
핏물 든 숨결 지핀 양 달의 봄이어라
지반 드러난 화단의 웅지
불거진 천도 뿌리
운구버스 앞 이들이들해진 상복차림
수많은 이들의 얼굴들
뒤처진 꽃눈송이로 흩어라

제 무게로 이우는 복사나무
무에 슬퍼 가— 같이 가아— 가지 말아— 가 같이—
열일고여덟살 무리의 여학생
둥그렇게 말아쥔 도화지로 목소리 밀어넣어라
떠들썩 오라는 소리 없이
꽃가지 말아 따라가는 적막이어라

목소리 쉬어지는 날

앞섶과 잿빛 치맛말기 틈새 아득한 곳 읍, 하고 꽃가루

숨 부여안아라

천도나무 둥치 밑

살빛 꽃잎 자밤자밤 떼어 달아라

늦게 더 가려고

흰부전나비

하기는

섶이 타오르는 봄날이어라

광화문 어디쯤에서

봄아, 봄아, 가시라 가지 말라 하면서
장다리꽃 피기도 전
혼자 발목 심고 앉아 밥술 뜬다
먼지 먹은 한 때의 전경 고스란히 비치고 나는
모든 관계는 비통하다,라는 시 읽는다
밥 만 국물에 갓김치 얹으며
동이 오르네
그만 철 따라 꽃사과 영그는 곳서 나도 꽃필까
밥주발 속 절절한 김처럼
굶주림에 열병난 작것아, 이 맘아
말해라 답답다, 허여 답다워
시장 거리 밀치고 누구한테 가가
초라한 복장으로라도 함 물어보랴, 물어볼까 또 그래 가면서

니 혹시
강짜 부리는 기가
내사 미친다 으이, 꽃 좋은 날 이기, 시원시원히?
아입니더…… 그런 거

아입니더……

……니 단디 듣그래이, 밥 묵고 다시 이기하자, 와?

창밖, 뭇뭇의 꽃으로 원천봉쇄되는 동안 나
그밖의 군상들 발목 풀고 앉은 마음
구부정히 수그려 밥술 뜨고 진드근히 문 여닫히고, 아직은 찰바람
소리의 반경을 와와 다시 밟아가

끊겼다 이어지는 숟가락질
어느 게 누구의 것인지
만개의 꽃밥그릇에 기십만개보다 더 많은 줄거리 수북하여도
내처 못 들은 척 찬과 밥 한 덩이 간소한
식사로 소상히 알아차린

하세월 답다워라 나 광화문 어디쯤이고
남겨두고 피는고

다시 나는,

몇개의 숲을 거쳐 나는, 푸른 등불의 요코하마 부르며 거리를 걷는 소녀 흰나비 미등 사이로 나풀거리고 치마는 횡단보도 따라 펄렁이네 잠깐씩 내리는 비와 잠깐씩 보이는 해 속에 나비의 날개가 희뜩 뒤집히네 두 눈은 멀고 멀어 나는 어디쯤 걸어가고 있는 걸까 까만 반점 새겨진 날개 몇개의 빌딩숲 거쳐오는 동안 숨을 헐떡이다가 빗돌처럼 조용하네 푸른 등불의 요코하마로 영혼은 나비만큼 날아가나 푸륵푸륵 타오르는 몇개의 숲을 거쳐 이마에 흘러내리는 푸른 등불 나는 꿈처럼 소녀를 오래 지켜보네 이제 그만 눈을 떠야지, 필라멘트는 떼어지지 않는 날개를 파르르 떨고 길이 되어버린 숲에서 다시, 나는, 부러진 발목의 소녀

꿈꾸는 식물

침을 흘렸다 아이는
붉은 벽돌을 갈았다 아이는
그 사이에 낀 이끼를 긁었다 아이는
밥상을 차렸다 아이는
손바닥만한 그늘 안에서 놀았다 아이는
문은 밖에서 잠겼다 아이는
땅따먹기를 했다 아이는
넓어졌다 아이는
이파리의 뒤척임을 말하지 않았다 아이는
창가 햇빛이 눈부셨다 아이는
목이 말랐다 아이는
개미를 손가락으로 눌러 죽였다 아이는
누구도 물을 주지 않았다 아이는
문고리를 핥았다 아이는
점점 베란다를 기어올랐다 아이는
혼자 자랐다

강박

물컵 속, 아기 주먹만한 감자
태아처럼 둥글게 담겨 있다
온몸에 숨은 입술
젖꼭지 문 듯 물을 빤다
물과 감자의 경계
포근한 잠에 젖어 물은 감자가 된다

감자는 쑥쑥 자란다
몸에서 밀알만한 눈이 튼다
팽팽한 햇살 속
감자는 손바닥만한 이파리를 피워올린다

이파리는 매끄러운 유리 위의 달팽이가 되어 기어오른다
제 살 곳은 컵 속이 아니라는 듯
집을 떠메고 공중으로 뻗어나간다
끊임없는 뒤척임,
점차 시드는 이파리
실핏줄 잎맥마저 까맣게 탄다

역류하며 흐르는 피
흘러들어온 꿈은 흘러나간다

쪼글쪼글 늙는, 주먹감자
물은 진흙탕으로 썩고

컵 속의 감자
푹 꺼지는 가임의 구덩이
내부엔 흰머리처럼 곰팡이가 엉켜 있다

푸른 방

창문이 덜커덩거리고
사개가 벌어진 틈으로 스며드는 빗방울
나는 두 귀가 동그래진다
빗방울에 갇힌다
틈을 비집는 것들은 유연하다
윗도리 걸치고 몸을 옹송그린다
녹물이 흐르는 못을 빼낸다
오랫동안 참았던 빗물
벽지를 타고 흘러내린다 달력 위의
날짜를 떼어내고 푸른 누드*를 걸어낸다
미리 손쓸 틈도 없이
가족사진은 뒷면이 축축이 젖어 있다
아버지 머리가 벗겨지고
어머니 웃음은 희미하게 번져 있다
그 많은 형제들은 출가했을까
토독토독 누군가 창문을 두드린다
수위가 높아지고 출렁
비가 그치자 비로소

우기가 시작된다

* 마티스의 「푸른 누드」

가을 아욱국

방고래 딛고 어머니가 들여온 밥상
아욱국이 입안에서 달금하다
날마다 재봉틀 앞 허리 굽혀 앉은뱅이하다
가끔씩 펴고 일어나 가꾼 것들이다
동네 아낙들의 시샘 속에도 오가리가 들지 않고
푸릇하니 살이 올랐다
빈 북실에 실을 감듯, 두엄으로 길러낸 아욱잎엔
잎맥들이 팽팽하다
재봉틀 아래에서 올려진 밑실, 윗실과 합쳐져
손바닥 잎사귀마다 촘촘히 박혀 있다
날이 여물수록 어떤 마음이 엽맥에 배었다
누런 된장과 끓어올라 게게 풀어져
맛깔난 향 가득하다
얘야, 가을 아욱국은 사위 올까봐 문 걸고 먹는 거란다,
딸내미가 아귀차게 먹는 양을 보고 웃으신다
오랜만에 고봉밥을 비우며 바라보는 어머니 머리 위
올 굵은 실밥 길게 묻어 있다

어머니가 다듬은 아욱국은
뜨겁게 내게 넘어오는데
숟가락 든 손끝은 바늘에 박혀 아득하다
딴청 피우듯 묻은 실밥을 떼어내고
얼결에 집어든 열무김치를 무뚝 베어문다
매옴하게 번져오는 가을이 깊다

만리동 미용실

한 집이 멀다 하고 점집이 늘어선 만리동 고개,
한자리서 삼십년을 버텨온 그녀의 집이 있다
길게 놓인 선반 위 내력으로 감긴 화초의 덩굴손이
거북이가 들어 있는 조악한 어항을 쓰다듬는다
가끔씩 버둥대는 물 위로 부유물이 둥둥 떠오르지만
생뚱맞게 느린 졸음만 꿈벅댄다
엊저녁 늦은 손님이 버리고 간 짚북데기 같은 머리카락,
백색 반죽이 덕지덕지 붙은 보와 코롬한 냄새 밴 타월이
흩어져 있다
한때, 번득이는 가윗날을 타고
지난날을 뭉텅 잘라내기도 하고, 솎아주기도 했다
귀기 어린 춤사위로 펴거나 감아올려보기도 했지만,
부부부 떠는 중화기 거품처럼 이제,
그녀의 신점도 두루뭉술해졌다
얼마나 많은 희망이 점괘로 늙어갔는지
원형가르마같이 펴진 그녀
허리 펴고 거울 속
낯익은 여자의 머리를 매만진다

창밖 어디론가 수신중인 점집 깃발들
그녀의 머리핀으로 꽂혀 있다

토르소

견고한 유리 너머 잘 닦인 반신상 거울, 여자의 상체만을 또렷이 비추고 있다 온종일 곧게 뻗은 가슴과 등이 뻣뻣하다

조명이 화려할수록 더욱 돋보이는 매장 안에 여자는 자신을 박아넣었다

가장 아름다운 얼굴은 어디에 걸어두었나

여자가 어깨를 돌리거나 몸 틀 때마다 거울 속 신체 일부가 잘려나간다

불빛 반사하는 비즈목걸이만 봉긋한 가슴과 잘록한 허리까지 축 늘어져 있다

오후 텅 빈 매장, 여자는 거울을 보며 고무마네킹의 질긴 권태를 달랜다 맥박 대신 뛰고 있는 손목시계가 무료한 시간 알린다

자신의 상체 고집스레 비추는 거울을 여자는 프로크루스테스의 침대 같다고 생각한다

새로 치장한 옷을 천천히 쓰다듬는다 절단된 팔, 소매가

출렁인다
여자는 거울에서 잘려나간 자신의 퉁퉁 부은 발가락 꼼지락거려본다
아무런 통증이 없는 발,

몸통 뚫고 나온 굵은 봉이 검정 벨벳 치마 밑에 감춰져 있다

얼굴과 팔다리를 잃고 제 가슴이 텅텅 빈,
토르소는 여전히 조명 위에 서 있다
쇼윈도우 바깥의 발목을 잡아채기도 하면서

수선되는 시간

늙은 아버지 수선하네
매양 하는 수선이지만 남다르네
구름장 터진 틈으로 제비가 비비배배 울고
말했네 깃 달고 팔 늘이고 눈알 같은 단추 단다네
흰 치아로 올라가는 치수를 잰다네
급한 맘으로 돌아간 재봉틀
가끔 부리 찧는다네
제비는 짚가리 땀땀이 문다네

낡은 작업복 청년, 오토바이 몰고
말했네 제비떼가 호와 호를 징근다네
길숨한 전신주는 수선하는 양 넘어다본다네
사람들은 온종일 끊긴 전깃줄에 귀를 모은다네

아무소리도들리지않아요
이상한일이에요

올을 꿰어 연달은 창구멍 우선 막는다네
아랫집 윗집의 처마가 이마 맞대고

말했네 두살배기 아가 울음 할머니 울음이 섞인다고

이렇게이어야해요 휘엉—청

낡은 작업복 청년은 제비집 건드릴까 몸 느슨히 푸네 연장선 얽네
올려다보는 아이들 떨어진 목 붙이고
손차양하는 처녀들 늘어난 팔 줄이고
호크처럼 반짝이는 아주머니 웃음 달고
이만하면 되었나, 두 손 놓는 아버지네
도무지 떨어지지 않는 집채만한 구름그늘과
보드랍게 마모된 수리공구

몸 기울여 하늘구멍 혼 아버지, 늙은 몸에게
말했네, '이젠 한쪽 귀가 들리지 않아 비가 오는지도 몰랐군'
쓸쓸하게 흘러내렸네
귀 밖으로 넘쳐흐르는 비

깊은 방

그녀는 겨울을 닦는다 후우— 입김을 불면 물방울이 흰 이마에서 또르르 떨어진다 파문이 인다 팽팽한 시위가 이 켠과 저켠에서 당겨진다 물그림자 속에 무지개가 뜬다 샘 속에 흡반으로 붙어 있던 물고기가 튕겨진다 빛나는 사금파리처럼 번쩍이는 칼끝처럼

순간의 열망이 눈동자에 엉긴다, 붉다, 도드라진 실핏줄, 터진다, 끈끈한 혈액이, 벽을 타고 흐른다, 비릿하다, 물고기는, 휘어 있다, 유선형의, 수선화 꽃대, 샘 쪽으로 낭창, 바람이 기운다

등비늘이 반짝인다

오후의 햇살이 조각보처럼 샘에 풍덩 빠진다
흉부에 박힌 겹꽃잎 아무도 들추지 않은 덮개가 같다
중심을 들킨 듯
눈썹이 없는
눈알 밑에 아가미가 붙어 있는 흰 물고기는
샘 속에 잘 잘려 있다

둥글게 부푼 빙점같이, 비늘줄기에서
끊임없이 꽃대를 밀어올리는
수선화는

깊은 샘가에 핀다
수심이 깊다

고갱의 의자는 어디로 사라졌나

새 한 마리가 날아들었다

나갈 수 있는 향방이 있음에도
쿵, 쿵, 키스 받듯이 벽에 부딪는 새
날갯짓이
소스라침이
어둠에 타버린 두 눈이
숨가쁘게 사방에 갇힌다
여태 허공을 어찌 날았을까
물고기가, 검은 해안선이
난파된 와중에도 풍경이
광활한 동공에 출렁인다
부화되지 못한 고통은 일그러진다
태양은 걷잡을 수 없이 불타올라라
급강하하는 울음은 귀때기를 얼린다 몸서리가 난다
새여 날개, 짓 쳐라
빛이 미쳐 해바라기 고개 든다
외곬의 사랑은 그림이 사라지도록

눈먼 새다
받치고 앉은 의자에서 별 쪼아라

두 입술은 심장의 고동을 정지시킨다
인상이 영구히 지속되길 바라는 심정으로
햇빛이 난생처음인 듯

너무 빨리

전신주 앞에서 노파가
파슬파슬 웃고 있다
쪼그리고 앉아 사람들의 발목만을 바라보는
그녀는 늘 혼자서 웅얼거린다
웅웅 돌아가는 기계음처럼,
잰걸음 구두굽 소리 따라
끊임없이 중얼거리는 노파는
깜빡깜빡 고장난 컴퓨터 같다
구름에 갇힌 앞산 송전탑이
온종일 무언가를 검은 전선으로 보내와도
느리고 헌 모니터는 환한 정적뿐이다
노파는 이 생의 기억이 연결되었다가
끊어지기도 하는지 좀체
집으로 돌아갈 줄 모른다 가끔씩
폭주하는 차들 소음이 청신경을 긁는다
쐐애— 하는 스키드 마크,
너무 빨리 과거가 지나갔는지도

다시 컴퓨터를 껐다 켜본다
컴퓨터는 아직도 접속되지 않는다
마지막으로 누른 엔터(Enter) 키
삐익 삑 — 소리가 사방을 울린다

사라진 기억을 어디서 찾을 것인가
나는 쓰레기수거증이 붙은 컴퓨터를
전신주 앞에 내다놓고 앉아
멍하니 혼자서 중얼거린다

섀도우복싱

나보다 한발 앞서?

세기는 금세기 진입해선 이인자 오, 세게! 소리들을 발하는 사람들 없이는

섀도우복싱! 이 룰 분발 정했으면 그리 가버려

민첩 연출 오. K. —이, 오!

허투루 안되지 역할이 한눈팔기는 더더구나

엄지는 밖 보고 몰두해 열까지 세다 주먹이 말발굽 없는 말 기대효과 보잔 말

격렬한 밤으로부터 후벼봐 날뛰지 반들반들한 눈알 떼거지로 주는 돈같이

마땅치 않아도 상대방 살핀 눈치로다 타이트하게 잠가놓은 두 다리 탁, 벌려 연타로

공기 끌어당기고 어택, 올라타. 잰체 말고 라이트. 톡 까놓고 말해! 큐

어느 독백이 위치시켰나보다

남에게 상처받았잖아?

타인 탓 말고 내게서는 살 궁리로다 그러다 함께 뛰지 않는 다리는 무게중심을 방심으로 데려가서는

가빠와 숨 쏟을 테니 훅, 제법 황홀. 하기도? 온몸 공허까지 쭉 빨려

보닛 타격 입어도 별 내려놓을 작정으로다 넌 너의 그림자로 누벼낸다 감쪽같아서?

갈기로써 목덜미로부터 할퀸 자국, 탄탄한 살갗 빼앗기지 않는다니

갈! 눈 붉으면 입 벌려 보탤 존재 없어 피차간에 부담스러운 존재. 그러니 웅당 다물려야지 납판 엎드린 하이브리드 한 등짝 보라구

너라는 세계에 빠져 포획키 위한 불빛 연일 수두룩, 옥외 광판 글씨가 튀기군. 애드립 티 안 나? 협잡꾼?

삥끼칠 담그림자 벨트 채운 판판한 세상부터 담판하는군 거리서부터 거리를 두다가 무슨 패(敗) 잡고 싶나

또, 뜨겁게 배신감 웅하마

어쩔 수 없는 용서가 괴로움 슬픔으로 몰지 금할 길 없지 그니깐 자극 그냥 받아

갈망, 가속기 밟아 두엇가량 곤드라져 일말의 나약 주저앉지

벗어든 맨정신 가혹? 호스피스에게서 훅— 멎어야 무게 없음의 껄렁? 아니지. 외려 후, 측 기습해! 기운 빼!

술수 맞아? 그러려면 공평한 쌈박 세상 어디? 절단면이지 칼로, 활로, 돌로 죽 갈—라 엄살

대담함! 속지 말라궃. 라이트

고통의 주행 말할 수 있는 아무나의 코너 아니겠지

흰 천 든 손 묵살이야 멀찍이라는 것쯤 그것쯤 알 테지 문(門) 불빛이 농후해 훅 놓으라고옷!

치어 결딴난 물건 이름자 바꿔 불려도 넌 그림자

안 바꿔 불려

권투의 기본은 제자리뛰기 어때 뜨거운 쾌(快), 자리 뜨지 말고 그 자리 띄워 공중 던져 휘—둘러봐 노출된 죽음까지

홀려 용케 21g 넌 널 배신! 넌덜머리여도 갱신! 라이트

태양열에 녹아나는 훅— 순수한 밤색에서야 함께야, 허니! 훅이 음성에 도달했을 때 긴요한 만남? 한사코 거부 후에 세차게?

탁자 위로 눈알 한번 굴려

오오케—이?

들통 안 나게 내가 아닐 수도 없게 데려가줄게 나에게로와 찌르기!

자귀나무가 있는 방

반지하방은 우물 속 추위였다
삼월에도 겹겹의 옷 벗지 못한 남자는
나무 각질로 두툼해져갔다
복층 고가도로 차들이 신음도 없이 몰려가고
자귀나무 남자는 밤마다 벽에 성호를 그었다

문종잇장 긁는 소리가 들려
가랑이풀 허우적대다 눈 뜨면
남자는 진종일 물일에 가려운 손을 비비고 있었다
그러다 다시 오므라드는 자귀나무 잎

갸릉갸릉 어둠 사리는 고양이
밤새 우물가 뿌리를 파댔다
우물로 찾아드는 곤한 빗소리
후드득, 단잠 들었다
나무 밑둥치까지 언약의 빗물이 번졌다
물에 분 남자 손등에는 열십자가 피어났다

홑이불 한쪽이 눅진할 때까지

몇번의 파랑이 지나가는가

잔무늬 이파리 젖어 흐늑여도

햇살 향해 힘껏 팔 치뻗고 싶었으리라

아침 쪽창으로 머리뿌리 드리우고 있었다

욕 그리고 새는 날아간다

가방을 빤다 속 비운다 가슴팍 잡아맨 멜빵을 끄르고
책 꺼내자 어깨가 모지게 접힌다
어떤 감정도 표현하지 않으려는 턱이 가죽을 사방으로 잡아당기며 표현하고 있다
책걸상에 걸쳐진 팔다리, 치골, 허벅지까지 입속으로 들어간다
주저하는 동안 입 닫아걸어 북새통 되어버린 속에서 먹물 흘러나온다
자책으로 내팽개친, 아무리 다독거려도 바로서질 않는 가방
두들긴다손 치더라도 눈물투성이는 침묵으로 들을 일!?
굽은 몸에 담겨온 활자는 세상의 뼈네
가방은 곧은 어깨 아래서만 꼿꼿해졌으므로 실은 곧은 어깨란 없는 것이므로
책 빼내 비거나 다소곳 어깨에 짊어지지 않은, 등뼈 곧게 세울 수 없었을 것이네
무슨 재간이 있어 가방을 계속 멜 것인가
나는 나의 하릴없는 비누 한 장의 공상 속에서

잠시 슬플 새도 없이
자연 멀어지고

부욱— 문질러도 허구한 세월 내 늙은 애인으로 흐물거릴 뿐
밤새 나와 도주하느라 거죽에서 비어져나오는 검은 물,
입에 걸려 너덜거리는 말수 놔버리면 된다 땅을 향해 입 벌린 채 우는 듯이
여러번 맹물에 뒤집어엎는다 줄에 매달면
심홍색 거꾸로 매달린 가방이 휘청거린다
개심하여 돌아온 고향의 탕아여, 누구든 빠르거나 늦을 수밖에 없는
깊숙한 공간이 흘러나온다
일어나 일어나라고. 그냥 일어나주면 안돼? 제발
제길, 한물간 내 사랑 같은 짐짝아
줄리엣이나 귀네비어의 사랑도 이젠 싫어
아서. 다친다고. 기울 수도 없이 너덜너덜한 내피
나 담은 이 비역살까지 검어진

너마저 제기랄 팽개쳐버리기 전에 어서! 이번엔 공갈이 아니야, 아니라구!
군색한 푸념도, 어설픈 쓴소리도, 목적을 가진 항변도,
대초원도, 해협 밑 잠자리도 뭐 하나 가져보지 못했다고!

북적거림이 들려온다 어깨가 젖고 여태 째져
복받치게 악다구니로 퍼질러진 글자들
오래된 미래다 무한의
커피 묻은 과거, 구태의연한
오늘이 흘러나온다 그득 뒤덮은 뻐
백양나무숲이 비눗물로 하얗게 풀어진다
앙금도 없는 내피 기워본 손가락은 아네 너덜너덜한 내피 기울 수 없다는 문장을

앙큼스런 속사정 감추고
함축을 남기고자
퐁
새가 날 알아간다

각별히 가난한 남자를 사랑한 여자의 해피엔딩 어디 없나
이골 나게 읽고도 뒤적뒤적 그 흔한 레퍼토리 왜 없나
이참에 묻네 누가 쉽게 오독하지?
나의 혀여

머리통만 큰 미숙아 문장 밑으로 새가 날아간다
퐁

미기록종

특이한 물고기가 되고 싶었다 나는
유리트레이에 팔이 닿는다 소름이 돋는다

깜박이는 전등불 밑에는 물고기 웁니다
어렴풋이나마 불안한 아이의 낌새와
얌전한 공책 놓은 아이 두고, 철벅 금붕어에게 매 들며 모두 잠 깨웁니다
그래요, 블랙커피 머금고 어지간히 가르치지요 아니 티브이 화면에 한눈팔며 한모금을요 아니 물고기 넘실대는 동화 넘기지요
—버들붕어 메기 쏘가리 가물치 열목어 동사리

사학년생 입술을 삼키고 같은 종 물고기 튀어나옵니다
목소리 하이픈으로 대어줍니다 어디까지나 물고기의 세계 안에서
나는 미기록종 책 가르치는 어른쯤 되었네요 현미경 광학눈으로 낱낱 탐구하지요
땀을 뿌리며 느슨해지고 뒤틀어진 아가미 들춰보고 뱃구레 퍽 누르고 지느러미 째고 비늘 뜯고 통점 있을 거야
통점이 입맞출 때마다 수만개 박테리아 드나드는데……
—이만만 해도 돼. 아니지, 선생님 여기서 어떻게 말했지

라고 뱉은 물고기 도로 삼키네요

식어빠진 커피와 개개 낱말, 상한 내장에서 밀어올리는 구취와 변색된 잔이빨 몽땅 걸려듭니다 낚싯줄을 늘어뜨리지 않아도

—버들붕어 메기 쏘가리 가물치 열목어 동사리

시험대 오른 학생들 입 놀래어 가시꼬챙이에 꿰인 듯 벌려집니다

붕어붕어붕어붕어붕어붕어

답안 꽤 뒤적여도 동어반복만 하품으로 섞여들고, 하품 생성케 하는 공깃방울 납니다

짝 벌린 내 입에 아마존 야생 피라니아 몸 담아지기를 그리하여 태어나는 지리멸렬 치열(齒列)째 잡아먹기를

일회용 종이컵더미 던집니다 공간을 가르며 쓰레기통에 가닿는가

포물선은 의미의 영역을 열어가면서

대수롭잖은 낱말임에도 녹색 원두만한 원생들 눈동자 관통합니다

나는 민물고기, 협소한 공부방 복도에 휩쓸리고 돌계단에 부딪혀도 예컨대 순항 아니어도, 떼지어 넘쳐나는지 탐사하기로 합니다

종착지만이 확실한 그러나 종잇장에 남겨지는 외로운 항렬에 이르러 살피기로 합니다

볼륨 죽인 티브이 속 어탕교실
"간을 보시고 소금덧간 반 움큼 뿌려볼까요?"

자, 그만 여길 보고 조용히, 조용히, 조용히 그러자,
눈동자가 그들끼리 평일에 끌려가는. 무성생식의 되풀이

외이도의 밤

가마우지의 캄캄한 날갯짓 소리 들리면
따개비로 늘어선 섬집들은 귀를 닫는다

저녁내 붉은 해넘이 노을
아버지마냥 걸게 오르고 멀리
푸른 해초 캐올리던 어머니의 비바리 노래
우렁우렁 감도는 귀울음 되어 밀려든다

여태 부둣가에 묶여 있던 어둠은
건너지 못한 어로를 향한다 밤새
고막에 건져지는 것은 바람소리뿐인
중이염, 어린 동생의 오래 앓은 기침이 파도에 밀려가도록
우리는 개펄에서 나온 방게처럼
두 눈 뜨며 밤을 지새운다

멀리서 보면
외이(外耳)가 없는 새들은 날갯죽지에
따스하게 부리를 묻었다

그러나 발톱으로 움키지 않고는 살 수 없는 섬
해풍에 둥글어지는 물떼새마냥
납작하게 휘어지는 사람들
한낮의 노동이 저물고
석쇠에 올려진 맛조개같이 곤하게 입 벌리고 잠드는 밤
귓물로 밀려드는 파도소리
들리는 외이, 외이도

바다를 떠돌던 뭇별
나트륨등이 깜박 끊어지기도 하는
하여 어느날엔가 거센 파고가 일고
빈 배를 끌고 온 아버지 그르릉— 밭은소리가
한밤내 밀물져 돌아오는
오 이 도 의 밤

새벽이면
행장을 꾸린 아버지들의 녹슨 발동선이
안개를 헤친 새가 되어

해안선을 밀치고 일제히 솟아오른다

게임의 법칙

침묵과 어둠이 한데 엉켜 있다 점령한 영토에서 다시금 스적스적 일어서는 말린 야채들 수음하듯 양손을 격렬하게 흔들면 침침한 모니터 너머 소년은 유일한 영웅 아니면 외톨이다

시취에 물든 공기는 음울한 전조로 떠다닌다 내장인 양 불어터진 면발에 부러진 노를 꽂고 배는 자신의 영지를 찾지 못해 산으로 갈 모양이다 봉분이 부푼다 나무 위로 먹다 만 노란 단무지 모양의 달이 뜬다 화면이 바뀔 때 눈자위는 촉촉해진다 밑바닥이 보이는 시뻘건 국물은 스밀 수 있는 마지막 위안이다

이…… 이제……그만

곳곳에 올무로 포진된 곰팡이의 독성 감정을 보이는 순간 게이지가 깎여나갈 것이다

목 비틀린 선풍기가 철철 바람을 흘리다 그친다 우두커니 버티던 그림자 끝내 자신의 영지를 지키지 못해 고개를 떨군다 자신의 뒤밟기가 지루해진 것 같다 수북이 빠진 머

리칼이 날린다 한때 발버둥치던 버티컬 겹겹으로 뭉쳐 내려오지 않는다 지독한 가뭄이다

뜨거운 물 붓지 않은 면발이 말린 채 바스러진다

명치에 걸린 이상전선(異相前線)으로 창 안에 번개가 친다 낙뢰 맞은 소년은 혓바닥을 검게 지진 캐릭터다 분 시체가 어디로 사라지는지 게임의 결말은 당연히 궁금하지 않을 것이다

비어(秘語)

온종일 지친 구두를 끌고 돌아온 날
어머니는 저녁 밥상에 생선 하나를 올려놓으셨다
짭조름한 비린내가 식욕 돋웠다
자분자분 뒤집는 젓가락질에
비로소 드러나는 눈부신 속살,
어머니는 아무 말씀도 없이
그저 하얀 이밥 위에 생선살을 올려주셨다

그날밤, 나는
날아다니는 물고기가 되었다

아무 곳에도 없는 사람들

1

아아…… 울대 밀고 열풍 불어요
비스러진 블록담, 아아, 철문
목 비트는 소리로 텔레비전은 클로즈업
……오…… 옥양목 같은 계절 나부끼는 동네
골목길을 굽어보는 할아버진
저기 이국땅에도 있어요

2

불에 탄 야자, 총신의 검은 외피 아래 온 가족을 잡아먹을 듯 원숭인 이글거려요 캬캬거려요
전쟁터를 방불케 해요
나무는 기승스럽게 불타 벋고 군복이 다닥다닥 버티는 저녁 아이들은 건물더미 헤집어요 앙상해요
철골 무릎팍으로 뛰어요 바람이 소용돌이치면 허턱, 숨 쉬고 허턱, 꽃 피고
갈아줘…… 갉아줘…… 같게 해달란 말야……
야전점퍼 부러워하던 형이 뒤란가 핀 꽃대궁 칼로 끊어

요 병에 꽂아요 오래도록 아스피린 한 알도

가끔 벽에 오려 붙인 여자가 커다란 젖가슴 펼쳐 보이지만

저녁내 돌아오지 않는 아버지 ……아…… 아…… 무도 꾸짖지 않네요

형은 긴 여음으로 휘파람 몰고, 창밖, 철근더미는, 아랫도리 벗지요

아비규환, 아, 아, 어둡지도 않았는데 먹먹한 거죠

3

병 끝에 온종일 핀 꽃은 지루해요

뿌예진 창으로 지나가는 한 누이의 몰골을 봐요, 보세요, 꽃다이…… 봐요,

망령으로 바람 너풀거리고 순백의 치마가 뒤집혀요 륙색 배낭 멘 사내들은 껄껄 웃어요

따라 웃고 싶었지만 변성기 목소리는 고해성사보다 부끄러운 일이네요

입안에 물면 말간 고름이 터질 것 같아, 꽃마디 불거진 관절 빨아요

그것이 슬픔의 맛인지도 모르고 혀끝에서 뭉근 굴려요
꽃다이 살아요, 죽어요, 살고 죽어요……
……인류는 인류를 보았고 종족은 종족을 번식했고 아비는 아비를 낳았어요
작명이란 그런 거 죽을 때까지 부름이라는 거 그런데도요
워커발은 앞으로만 걷는 거 그죠, 아, 아, 아 언제나 끝나련가
나는 나를 찾고 있어요 ……아아……
목소리는 나오지 않고 우악스러운 괴성 칵칵 터져요

4

시신의 일부가 저기 사람이 있었다는 걸
말해주고 있어요
텔레비전은 거친 숨으로 돌아다니고
갓 빤 빨래는 더러워지고
아아…… 아아…… 아아아……
잔해더미로 세워진 집
저기도 있어요

화장하는 남자

목조계단의 적막은 울음보다 위태로웠지
아내의 분첩을 두들긴 사내는
뉴기니 의식(儀式) 화장처럼
어둠속 짐승의 눈초리를 갖는다네

활활 일어서는 꽃불, 꽃불
실직 따위는 잊었다고 말하듯이
비린 기름내가 났어
습기는 악착같은 분의 집착이었네
눈썹은 야생의 동물로서 매섭게,
눈가의 선이 지워졌네 눈물을 흘리면
이내 실그러지던 입술이 다물린다네

터져나오려는 울음에 경계를 그었네
피는 피 살은 살
아침마다 화장하는 이의 뒷모습은 아름답고
외지로 떠나는 성년의식은 고독했네

아직 돌아오지 않은 아내,
제 무덤을 향해 가는 거죽뿐인 코끼리처럼
말없이 목주름을 껴입었네
어기적어기적 찾는 풀숲이
비록 매일 서성이는 공원이라 해도

의식은 오래고 질겼네
이미 굳은 표정에 백분을 바른다네
흰 터럭과 소름에,
콧날과 볼에 번지는 화화(火花)
마지막 눈물마저 덮어버리지

혼잡 속에선 누구도 얼굴을 알아볼 수 없다고 아우성이지

공(空)의 무게

당신의 입술은 반짝이지만
함께할 수 없는 날들처럼 무겁습니다
그러니 약속을 정할까요
우리가 꽉 부여잡던 손이 이젠 빛바랬다고

그때까지 나는 덩그러니 놓인 하늘을 보고
약돌같이 단단한 햇빛 그러쥐고 있다고 생각했는데
당신은 무심코 어둠을 튕겨내고 있었습니다
간헐적으로 깊어지는 물둠벙 때문에
나는 주름의 깊이가 보인다고 말하고 싶었습니다
지난번, 어두워지던
침묵에 대해 말하고 싶었습니다 수면이
야트막한 돌바닥에 누워
이미 죽은 꽃잎을 밀어올릴 때

당신은 지루해 발치로 고개 숙였습니다
쉬잇!
내가 펼친 손가락 끝으로

가만 숲의 구릉지가 매달려 갑니다
그을린 얼굴은 보이지 않고
일제히 호선으로 늘어선 나무 열매만 눈에 잡힙니다
그렇게 물속 깊이 드리우는 것은 별일이 아니라고

이내 나는 어둠을 옆에 앉히고
되뇌고 있었습니다 이상하게도
미안한 거였네요 함께일 수 없는
이미 훔쳐버린 여름은

조개

놈은 분명 슬픔을 아는 거다
시린 물박에 한줌 뿌려준 천일염
으깨진 발포정처럼 풀어진다
물비린내에 제놈이 빼어문 살덩이는
눈물을 쏟는 흐벅진 시울을 닮아 있다
흐렁흐렁 채워진 물결에
누군들 상처를 뱉어내고 싶지 않으랴

짭조름한 간물에 쉭쉭 토해내는 해캄질
입아귀에서 봉분을 뱉는가, 그러나
다닥다닥 붙은 무늬를 점자책처럼 더듬자
불끈 돋우는 힘살로 앙다문 놈은
이내 제가 간직한 바다를 봉해버린다

등고선 지문을 밀치고 닫아버리는
놈의 껍데기가 거칠다
함부로 읽힐 수 없는 생이라고
그처럼 따닥!

완강하다, 그러므로 나는
돌올한 무늬를 애써 더듬어도
고서(古書) 같은 놈의 내력을 알지 못한다
삶아질 때까지도 내내 입 다물어버리는

뿌리는 온몸으로 잇대어
왜 두둑한 껍데기에 묻히는지를, 마침내
멀리 파고에 밀려온 나도
슬픔이란 함부로 보일 수 없는 것이라고
삶은 끝끝내 버티는 것이라고
철썩철썩 때리는 세상에서
좀체 입 열지 않는 것이다

동티 나는 마을

누이야, 숨바꼭질, 발뒤꿈치 보인다야,
이제쯤 숨었나 치마폭에 담아온 알싸한 개복숭아 신맛에 옴 돋는 산 문둥이 되었나

동티 무서운 줄 모르는 년이다, 도화로 발가벗겨 쳐내는 어매야 꽃 핀다 귀신 들린 꽃이 부스럼으로 핀다 망태 짊어진 산지기는 보얀 이내로 팔십을 살고 만장 나부끼지 않았나

저녁답 휘어지는 쌀보리 입안에서 이냥 굴리면 쥐새끼마냥 쌀알 훔쳐먹고 배곯고 살 팔자다,
어매야 하지 마라 밤새 뒤주를 쏠던 쥐, 닭의 항문에서 따듯한 내장을 꺼내 먹었으니 어매야 누이도 배부르게 살 거다

풋살구 같은 요의 붙잡고 동트길 기다리면 공회당의 종은 메진 울음 매어단다 쥐오줌 지린 누런 홑청 누이는 손빨래로 천장 휘날리누나
떠나고 싶은 만큼 훠어— 훠어이 너는 부디 목숨값 하그라

마을 초입부터 피어난 민들레, 눈물의 왕 누이는 서천 꽃밭 노란 왕관 둘러썼네 멀미 난다 어매야 성내지 마라

밭일에 노란 땀 배어든 등짝 너머 상두꾼 곡소리 들려온다야

우리는 삽짝문 밖 구경 가지 못하고 누이와의 숨바꼭질은 왜 칭칭하게 불러질까

꼭꼭 숨어라

머리카락 보일라

초경 치른 누이, 장독 뒤에 숨어야 발뒤꿈치 보인다야 어매 발처럼 크기도 하누나 멧밥 묵고 가듯이

꼬옥꼭 숨어라

머리카락도 보일라

저녁답

꼬부라진 꼭지가 무서운 곳 가리켰네
어스름 밭 시퍼렜었네 무잎사귀 잡아뽑혔네
치근으로 들어올려진 흰 것
호박이며, 장다리 심어진 두둑밭
육친의 할아빈 남모른 양지녘에 묻혔네
신창만 남긴 건 내가 양껏 빼어닮은 할머니였네
시궁창 같은 천궁(天宮)이었네
해거름 쇠어버린 호박, 바람 든 무, 벌레 등속 썩어졌네
메마르고 무감하게 변해가기 위해
중단 없이 얽매여 살아지고자
박통만큼 머리 굵어지도록 온통
햇동 튼 박속 아이들에게 파먹혔네
저녁은 갓 뜯긴 자연으로 조출해졌네
그걸 엄만 먹고 입덧을 했네
감자뿌리엔 발가락 알들 꾸물거렸네
곧잘 봇물 붇고 고랑쥐, 밤새 소문 무성했네
가령 이런 구절 굴종시키지 않는 힘을 자유라 부른다면?
그건 완전한 옳고 그름의 문제가 아니었네

다만, 본능적으로 까닭 없는 맹목이 일기도 하여서
엄마의 뿌리를 끊고 나온 아기 꼭이 이 빠진 할머니였네
아기가 젖무덤 빨면 개울 치고
시간의 빠르기로 풀려나오는 봄
나울나울 한 시절의 걸음 뗐네 동생 이랑 나비 앞장세웠네
울음으로 반짝이는 생니, 쑥 주워올렸네
오, 빨아다오 누가 세월의 빠르기를

樂원상가

좁은 시장통, 오가는 사람은 어깨를 지느러미처럼 세워낼 줄 안다
석쇠에서 탁탁 튀는 등 푸른 고등어의 눈알마저 그을리는 저녁
눈빛마저 허기진 잡역꾼들 깡통에 남은 불씨를 던져넣는다
지글지글 끓는 가마솥은 입아귀 같다
뼈다귀에 들러붙은 살점 고아내는 뼈장국,
푹 고은 후에야 기름기가 떠오른다
뭉근한 불기운에 풀어진 사내 눈빛이 흐려진다
선지 같은 따뜻한 피를 몸속에 흘려주려는지
앙상하게 말하는 노파는
사발 가득 국물을 담는다
마수걸이마냥 내놓은 돼지머리는 박제된 웃음을 흘린다
골목을 지나는 개들의 가슴뼈가 앙상하다
사내는 홀홀 연지색 꽃물을 마신다
몸으로 버티는 삶
아직은 괜찮다……

창밖으로 상한 갈퀴눈같이 뿌연 태양이 떠오른다

마지막으로 풀풀 날리던 깜부기불,
깡통 주위로 다시 내려앉는다
단단히 뭉쳐진 어깨를 오래
쓰닥거린 장국집은 낙원* 안에 있다

* 종로구 낙원동.

그린 발목

길고 하얀 발목의 그녀만 걸어가고,
멀리서 그녀를 그리거나 그리워한다

떠나는 그녀의 기억은 날카로운 풀잎 같아
손가락을 베이게 한다
여름 풀잎에 파묻혀서 방울이 떨어진다 피막이 갈라진다
그녀의 뒤꿈치, 생각하는 동안 그녀는 생가지 분지르는
소리로 사라진다
휘우듬한 아까시
가지 너머 구두소리 들리는
꽃잎,
똑. 하나에 사랑한다…… 똑. 두울에 사랑하지 않는
다…… 똑. 똑. 똑.
하나…… 두울…… 앙상한 나뭇가지로 흙바닥에 그린다
와와 명지바람이 불고 벗은 그녀가 뭉개진다
풀잎의 방울이 동그래진다
치마를 펄렁이며 사라지는
발목, 그녀를 길게 그리워하는 것이 아니다

팔레트에는 물이 없다 그러나 서두를 필요가 없었던 적도 없다

왜 구두를 남겨두고 걸어가는가

풀잎의 방울처럼 뭉쳐지는 것들, 아린 손끝

눈을 붙인다 이따금

꽤나 가깝게 접근시킨 기억의 원근도 멀어진다

언성 높은 바람 아래 눕는다 그렇게 함께

볼 때는 그리는 것을 멈추고

그릴 때는 보는 것을 멈춘다, 그리고 그, 뿐

난기류

눈동자엔 어둠, 어둠엔 당신이 탄다
오므라졌다 펴지는 달이 판박이해놓은 세계
그 둥근 원호 가르는 날개: 감춰진 것 뒤에서의 물음
지금 떠가는 불안

히스(heath): 벼랑에서 피는 꽃
누군가는 악천후에 대해 말했던 것도 같다

나는 입에 물린 이야기로부터 싹텄다고 하겠다 이렇다 할 거 없는 그것은 산봉우리마다 지나치지 않는 기억, 혹독한 일기를 보면서 날은다 나른다 외로운 사람의 연락두절

무진 애를 써도 아멘 하면서 진정 사랑하느냐, 아아멘 히스테리컬한 메아리로 또 이 밤 나 기대놓고 질문도, 먼 수풀도 비켜난다 밤은 깊고 낮은 길다 심지어 국경 넘는 시간 조절하면서 어디로 인도해야 할지 모르겠는 발길 지그시 눌러 번민을 제자리로 돌려놓는다

뿌리내린 플라타너스 열주에 대한 기억을 어지럽히고 노래 없이도 날아간다

어딜 가나 외로움이란 그런 것
새떼와는 달리 나란 속에서 줄곧 나쁜
그것만은 아닐, 필경 그는 불특정 이정표
그는 야간비행사를 사랑한 밤
그가 접어든 구름보다 가벼운 비행기

무쇠 동체: 조합되어 있는 이야기의 무게
소리나지 않는다
마음 밑바닥에 환영을 안겨주고 빼간다

모든 걸 벗어던지고 뛰어내릴 수 있는
창문의 개폐가 없다 어떻든 이건 몸 휩쓸려가도록
안심 또 경계심
아무 탈 없이 순순히 땅에 발이 닿는 처녀비행, 아무쪼록
내리시옵기를

위로받을 수 있을까? 대관절 무언가로부터?

오후의 사진

당신이 보고자 했던 사진을 이제야 보내드립니다 제가 늘 돌아나오는 곳은 뿌연 유리문 너머, 거북이상회로부터 얼비쳐나옵니다 그 거북처럼 움츠러들었던 햇빛, 오후가 되자 졸음으로 깊어집니다 사시사철 옥수수를 삶는 아주머니 양철함지에 굽이칩니다 극장 벽보 여자의 헤벌쭉한 웃음에 깃듭니다 이내 바람 에돌아서 머츰해진 한길 누운 낭인 오래도록 내려다봅니다 아무리 둘러보아도 더이상 오후의 햇빛 담아둘 곳 없다고, 감광지 그만 사진 현상시키려는 찰나, 당신의 백태 같은 눈에서 쏘아나오는 빛 보게 되었습니다 그 빛이 얼마나 강렬했는지 건너편의 노벨양복점, 그 명패에서 반짝거리더니 마침내 승리주점과 토종 돈(豚)식당, 나란히 자리 잡은 에덴화원마저 태워버렸습니다

회상으로 나를 장악하고 있던 햇빛 노출되었습니다 잉걸불에서도 왜 화하지 않는지. 날마다 쇠잔해지는 기억도 이제 하얗게 살라져야 하는 것을. 즐비한 오후, 비끄러맨 빛들 흘러갑니다 건너오는 하나가 깜깜하게 반짝입니다 이제야 제가 보내드린 사진에 왜 그을음 가득한지 아실 겁니다

| 해설 |

흑발 소녀의 멜랑꼴리 감각계

오연경

"너. 는. 돌. 아. 오. 지. 않. 는. 다."(「개와 늑대의 시간에 빛은 길 끝에」)

김윤이의 시는 이 잔혹한 사실을 아홉 개의 마침표로 못 박는 데서 시작된다. 그러나 아홉 개의 못은 과거의 너에게 박히지 않고 현재의 나에게 박힌다. 이것은 잘 알려진 멜랑꼴리의 구조다. 멜랑꼴리는 상실한 대상을 자아와 동일시하는 데서 생겨나는 극심한 자기멸시의 정조다. 김윤이의 시에서 당신의 부재는 선험적 사건이다. 그녀가 '당신'이라고 지칭할 때 그것은 실제의 당신도, 당신의 이미지도, 당신에 대한 기억도 아니다. 그것은 생의 조건으로 주어진 부재 그 자체다. 이 선험적 부재로부터 검은 담즙이 많은 우울질의 '흑발 소녀', 멜랑꼴리의 주체가 탄생한다.

"눈이! 귀가! 입술이! 실상은 세월을 감내한 유 적 지 란

결"(「움」)

멜랑꼴리의 주체는 대상의 부재를 자신의 내부로 육화한다. 김윤이의 시에서 흑발 소녀의 신체는 당신의 부재에 감응하는 슬픈 기관들이 된다. '안구건조증' '침윤된 시야' '이통' '이명' '삭제된 한쪽 귀의 아픔' '바짝 마른 입속' '갈라진 혓바닥' '황량하게 벌어진 목구멍' '구토' '물렁물렁한 심장' '헐운 위장'은 고대부터 설명되어온 우울증의 증세와 일치한다. 이 병리학적 증세를 앓는 기관들은 보고 듣고 먹고 숨 쉬는 일상적 기관이 아니라, 당신이 부재하는 세월을 감내하는 동안 고통스럽게 발아된 슬픈 기관이다. 아무것도 없는데 이물감이 느껴지거나 실제의 음원이 없는데도 잡음이 들리는 것처럼, 슬픈 기관들의 유적지 '콰이어트 룸'은 "내레이션 증폭시키는 소형마이크를 삼킨"(「콰이어트 룸에서 만나요」) 세계, 표준화된 감각으로는 포착할 수 없는 내밀한 잡음들의 세계다. 그러므로 "콰이어트 룸에서 만나요"라는 흑발 소녀의 초대는 부재를 감각하는 멜랑꼴리 감각계로의 초대다.

즙액이 흐르는 파란 오렌지

파란, 오렌지
둥근 탁자 위에
누가 저며놓았나
즙액이 흐르네

식탁을 마주하고 있는 동안
화병의 물은 한정없이 썩어가고
장미꽃잎 한 점
눈꺼풀처럼 스르르 떨어지네
어항 속의 금붕어는
빨간 아가미로 떠다니고

탁자 위의 파란, 오렌지
누가 저며놓았나

빨간 살점 헤적이며
꽃은 피어나고
꽃숭어리 부레처럼 부풀어오르네

작은 물고기 잘바닥잘바닥

밤새 빨간 두 눈으로 앉아 있는 동안

오렌지는 파랗네
슬픔은 여태 익지 않았네

—「오렌지는 파랗다」 전문

시집을 여는 첫 시에서 김윤이의 멜랑꼴리 감각계는 색채를 통한 선명한 상징구도를 얻는다. 이 시의 독특한 점은 파란색과 빨간색의 대비가 시간의 괴리를 만들어내면서 멜랑꼴리의 정조로 수렴된다는 데 있다. 여섯 개의 연은 모두 정물적(靜物的) 풍경을 묘사하는 듯 보이지만, 1, 3, 6연(오렌지의 시간)과 2, 4, 5연(장미꽃/금붕어의 시간)은 이질적이다. 1, 3연에서 "누가 저며놓았나"라는 문장은 행동의 주체를 궁금해하기보다는 '누군가가 저며놓았다'라는 선험적 사건을 강조한다. 이 사건이 '즙액이 흐르는' 오렌지의 현재 상태를 초래했다. 파란색(우울)과 즙액(흑담즙)은 멜랑꼴리의 이미지다. 오렌지는 생생하게 즙액을 흘리며 누군가가 저며놓은 상태에 정지해 있다. 2, 4, 5연은 이러한 오렌지를 마주하는 시간이다. 2연에서 물은 썩어가고 장미꽃잎은 떨어지고 금붕어는 떠다닌다. 4, 5연에서도 꽃이 피어나고 꽃숭어리가 부풀어오르고 물고기가 밤새 잘바닥거린다. 끊임없이 흐르는 시간은 "빨간 아가미" "빨간 살점" "빨간 두 눈"으로 육화된다. 여기서 빨간색은 선험적 사건 이후의 시간, 오렌지를 지켜보는 충혈된 노동의 시간을 상기시킨다. 정지된 시간과 흐르는 시간 사이의 괴리는 "슬픔은 여태 익지 않았네"라는 마지막 진술에서 확인된다. 상처의 순간은 파란 즙액을 흘리며 싱싱하게 멈춰 있고, 이후의 시간은 상처에 고착된 채 빨갛게 녹이 슬듯 썩어간다.

과거는 익지 않고 현재는 썩어가는 것, 이것은 내적 시간의 지연 때문이다. 멜랑꼴리의 근본 원인은 내적 시간과 외적 시간의 불일치에 있다. 멜랑꼴리의 정조는 당신의 부재에서 비롯되는 것이 아니라, 당신을 상실한 순간에 시간을 고정시켜버리는 시간의 주관성에서 비롯된다. 「자, 케이크 나눠드릴게요」는 "어둠과/오도카니 나"가 한줄기로 불붙은 생일이 다름아닌 주관적 시간의 시작임을 보여준다. "멈추지 않는 시계는 무수한 정지(停止) 매달고 케이크를 내 쪽으로 더 많이 보내는 것이죠"라는 진술은 시간을 정지시키는 주관의 힘이 객관적 시간의 흐름을 끊임없이 지연시킨다는 의미이다. 내 쪽으로 더 많이 분배된 케이크, 나의 주관적 시간에는 "가장 친근하지만 결코 얼굴 내보이지 않던 영혼", 당신의 부재가 자리하고 있다. 내면의 시간은 당신이 떠난 순간에 멈춰 있다. "팽그르르/돌아가는 다트판"에 "날카로운 촉을 꽂고 멈춰선 서른몇해"는 시간의 불일치가 요리해낸 달콤하고 씁쓸한 멜랑꼴리 케이크다.

슬픈 기관들의 식욕

"세끼 밥과 매끼 약으로 그토록 여자를 사랑한 외로움"이 그녀의 몸뚱이에 등록되자 "기관이 신체를 사육"(「지상생활자의 수기」)하기 시작한다. 그녀의 신체는 부재하는 당신을 삼키기 위한 다종다양한 기관으로 분화한다. 슬픈 기관들은 "그와 헤어졌다는 그녀의 생애 한 장면 파먹어가는 중"(「흑발 소녀의 누드 속에는」)이다. 그리하여 "모든 과거 집어삼킨 나"(「움」)는 울음으로 비대해진다. 자신이 가장 사랑하는 것을 집어삼킴으로써만 소유할 수 있는 멜랑꼴리의 주체는 슬픈 식욕을 지닌다.

「소나기밥」은 그 식욕의 대상이 빗나간 과거의 시간임을 알려준다. "단 한번의 약속장소"는 거절된 욕망과 실패한 사랑의 장소다. 당신의 상실은 한순간에 벌어진 일이지만 "매일을 야금야금 앗아가"면서 영원히 지속된다. 당신의 부재로 가득한 시간을 "한사코 씹어 비우려 할 때" "지독한 사랑의 기근 속"에서 키워진 식욕은 매일의 숟가락질과 매일의 되새김질에 만족하지 못한다. 오랫동안 굶주린 식욕은 "서슴없이" "실컷" "삽시간"에 "빗나간 삼십삼년의 시간"을 먹어치우고 싶다. 그러나 마지막 행에서 당신을 통째로 삼켜버린 위장은 "거무룩 부어오른 어둠속 위장(僞裝)"으로 드러난다. 당신을 삼킴으로써 당신과 나를 동일시하는 것은 거짓 은폐, 주체의 연기(演技)에 불과하다. 과거로 정리되지 못한 채 주체의 내부에 삼켜져 파괴된 당신은 죽은 것도 아니고 산 것도 아닌 존재다. 그러므로 멜랑꼴리의 주체는 이 유령 같은 존재를 끊임없이 찾아 헤매야 하는 운명을 지닌다.

김윤이는 바로 이 멜랑꼴리의 운명에서 새로운 가능성을 발견한다. 그것은 로고스가 지하에 묻어놓은 균열과 부재의 흔적을 캐내는 파토스적 충동이다. 멜랑꼴리의 식욕은 돌아오지 않는 당신에게 집착하는 퇴행이 아니라, 주체로 하여금 어디에도 없는 것을 찾아 헤매게 함으로써 부재 자체를 욕망하게 하는, 부재함으로써 "되려 환기되고 있"(「미련」)는 어떤 것을 감각하게 만드는 능력이다. 부재를 탐구함으로써 보이지 않는 것을 감각하는 일은 퍼즐 맞추기와도 같다. 「직소퍼즐」에서 '나'는 조각들의 완성품으로 존재하는 것이 아니라("몸통은 완성되지 않아요"), 부재하는 조각들의 유희에 자리를 내준 채("퍼즐판 위 뻥 뚫린 구멍을 찾지 못했거든요") 밑그림으로 밀려난다. 대나무의 심장이 무릎뼈로 자라나고 발가락이 머리에 달라붙고 손가락 사이로 침이 흐르고 낯선 얼굴들이 엉겨붙는 것은 질서화되지 않은 자아, 부재로서 기입되는 파토스의 자아를 보여준다. 그 혼재된 얼굴에서 흘러나오는 "해골 같은 웃음"이 멜랑꼴리의 파토스적 명랑함이다.

한편 멜랑꼴리의 식욕은 세상의 바닥에서 고통과 상처의 흔적을 읽어내는 에토스의 충동이기도 하다. 그것은 밥 한 덩이에서 “기십만개보다 더 많은 줄거리”(「광화문 어디쯤에서」)를 소상히 읽어내는 능력이다. 김윤이는 반지하방에서 삼월에도 겹겹의 옷을 벗지 못한 남자(「자귀나무가 있는 방」), 무너진 건물더미를 뛰어다니는 아이들(「아무 곳에도 없는 사람들」), 가출한 아내의 분첩을 두들기는 실직한 사내(「화장하는 남자」), 뼈장국을 연지색 꽃물처럼 마시는, 몸으로 버티는 삶(「樂원상가」)에게 “괜찮아, 괜찮아”(「빨강머리 Anne」)라는 눈빛을 보낸다. 늙은 아버지의 수선하는 손길(「수선되는 시간」), 자책으로 내팽개친 가방을 빠는 손길(「욕 그리고 새는 날아간다」), 지난날을 뭉덩 잘라내고 솎아주는 미용사의 손길(「만리동 미용실」), 어머니 머리 위의 실밥을 딴청 피우듯 떼어내는 딸의 손길(「가을 아욱국」)은 “함부로 읽힐 수 없는 생”(「조개」), 그 완강하고 돌올한 슬픔의 무늬를 애써 더듬는 다정(多情)이다. “슬픔의 맛인지도 모르고 혀끝에서 뭉근 굴”(「아무 곳에도 없는 사람들」)리면 느껴지는 달달한 향, 그것이 멜랑꼴리의 에토스적 다정함이다.

세계의 맛, 두 개의 혀

멜랑꼴리가 구성하는 세계는 근원적인 대상이 결여된 세계다. 결정 불가능한 대상계 자체는 영원한 부재로 비어 있다. 그 부재의 자리를 채우는 것은 세계와의 정서적 감응관계, 즉 정조(Stimmung)라 할 수 있다. 그러므로 멜랑꼴리의 주체는 세계에 대한 이해보다는 세계에 대한 감정과 감각에 충실한 주체다. 김윤이는 미성숙한 주체가 '연애' 혹은 '사랑'으로 경험한 세계의 맛을 "찌릿찌릿하고 야릇한 씁쓸한 맛", "시침 뗀 표정으로 눈 감아도 느껴지는 이상한 맛", "싱겁게 사라지는, 진짜로 그런 이상한 세월의 맛"(「어른의 맛」)으로 묘사한다. 그녀의 여러 시편들에서 세계감은 종종 맛으로 표현된다. 세계의 맛을 보는 시인의 혀는 언어다. 김윤이에게는 전혀 다른 두 개의 혀가 있다.

먼저 당신의 부재를 육화하는 탐미(耽美)의 혀.

> * Celsus Library의 아리따움: 셀수스 도서관 이르는 길의 낙타. 투르키시(Turkey) 사내. 도로에 깔린 무더위. 혼자 몰기엔 멀고 요원한 길이 생기기도 하여서. 사람임. 가슴팍 태워먹는 목마름. 집어삼킬 수 없는 그리움. 종내 고통이 가져다주는 여정의 감 미 로 움 이 빨 로 으 깨 져 혀 휘 감 아 리 드 미 컬 하 게 전 신 으 로 퍼

지 는

무화과의 맛

느린 타악기의 악음(樂音)으로 시작해 점점빠르게 혓바닥 울렸다 설음(舌音) 넘어 아, 혀뿌리 넘겼어라

반박의 여지 없이 외로움을 탔다

—「움」 부분

꽤 긴 길이의 이 시에서 세계와 주체가 부딪쳐 형성되는 음역(音域)은 '움'이라는 음가로 집약된다. 셀수스 도서관 가는 길에 만난 우는 낙타의 "입주름을 만드는 열림과 죔"은 스스로의 유폐를 형상화하는 "움, 이라는 명사형 'ㅁ'"으로 이어지고, 그것은 다시 "괴로움 차가움 역겨움 지겨움 가여움 미움 노염 흐느낌 싫음", "동물의 시름"과 "다름아님"으로 이어져 드디어 "Celsus Library의 아리따움"에 대한 정의를 낳는다. 그것은 "무화과의 맛", "반박의 여지 없이 외로움"의 정조다. 여기서 시인은 "삶을 덥석 깨무는 지독한 생병"을 'ㅁ'의 맛으로 리드미컬하게 조응시키고 있다. 이처럼 그녀의 언어는 탐미적이다. 자음들을 맛깔나게 요리하는 리듬의 기교는 물론, 형용사나 부사의 어근 혹은 한자어로 조어해낸 아름다운 상징어들. 또한 그녀의 언어는 고고학적이다. 사전에서 깊은 잠을 자다 생생한 의미소로 발굴되어나온 귀한 어휘들. 때로 그녀의 언어는 도발적

이기도 하다. 조사를 생략하고 문장부호와 공백을 뿌리면서 문법을 교란하듯 속도감 있게 달려나가는 문장들.

그러나 이와는 전혀 다른 또 하나의 혀가 있다. 세상의 바닥에서 부재의 흔적을 더듬는 다정(多情)의 혀.

비탈에 접어들어 집이 있었는데
구불구불 달동네, 길 잃은 적이 있다
낮에 눈부시게 환하던 국숫집도 문을 닫고
하얀 숨결 고르다 툴툴대던 솜틀집,
고물고물 뜨거운 가래떡 뽑는
떡집 소리마저 멎은 저녁

한때 드라마 단골 동네인 골목에서
연탄 한 장으로 고아내던 다디단 '달고나'맛에 취해
시간 가는 줄 모르고
언덕배기 예배당의 십자가를 침 발라 떼어 먹었다

(…)

이제 오금껏 뛰놀던 그 골목 지나도
정말 도원(桃園) 같은 그곳이 있었는지,
복사꽃처럼 별이 새하얗게 돋는 밤에

내 귓가에 저렁저렁 울리는 저녁 종소리

—「복사골」 부분

이 시의 언어와 정조는 참으로 익숙하고 편안하다. 정겨운 달동네의 풍경과 "들창 열어 포름한 저녁 밥상에 앉으라, 부르는 어매"에 대한 회고의 정서는 우리 시의 오랜 광맥에서 그 기원과 계보를 찾아볼 수 있는 고전적인 것이다. 화려한 각과 날을 세우던 그녀의 언어는 어디로 가고, 차분하고 둥글둥글한 언어가 "저렁저렁" 종소리처럼 울려온다. 이 지순하고 아름다운 서정의 언어는 "도원(桃園) 같은 그곳"에 대한 근원적 그리움과 결핍의 정조를 달달한 '달고나의 맛'으로 녹여낸다. 가족이나 몸으로 버티는 이웃들의 삶을 그려낼 때 이 다정한 언어는 더욱 서정적으로 빛난다. 특히 「문씨네 가계 고뿔 걸린 문설주」나 「동티 나는 마을」 같은 시는 서정주식 토속 세계의 현대화라 할 만한 독특한 성취를 이루고 있다. 게다가 몇몇 시편들에서는 "내사 미친다 으이, 꽃 좋은 날 이기, 시원시원히?"(「광화문 어디쯤에서」)처럼 천연덕스럽게 구사하는 찰진 사투리까지 만나게 된다.

세계의 맛을 보는 두 개의 혀는 독특한 미감으로 김윤이만의 감각계를 만들어낸다. 그녀의 시집은 결코 둘로 쪼갤

수 없는 충일감으로 마치 두 권의 시집을 동시에 읽는 것 같은 즐거움을 선사한다. 두 시집에서 떼어낸 낱장들을 뒤섞어 "그 낱장 뜯으면 지속되지 못하고 미지의 책이고 말 그런"(「아직도 당신에게는 철 지난 양광이거든」) 한 권의 시집을 묶어낸 느낌이다. 그녀의 시집은 오늘날 우리가 목도하는 시사(詩史)의 단절을 메워줄 '미지의 책'(미래의 시)에 대한 꿈인지도 모른다. 첫시집을 내놓는 시인이 고전적인 협화음과 현대적인 불협화음을 엮어 자신만의 음계를 만들어내고 있다는 것은 반가운 일이다. 더구나 그것이 단지 문자 상상적 음계에 그치지 않고, 세계의 음조와 주체의 음조가 공명하는 깊은 시적 정조를 연주해내고 있으니 말이다. 그녀의 시의 깊이는 멜랑꼴리("질척거리고 엉긴 뻘의 마음")에 전존재를 던짐으로써("흑발 소녀 전부(全部)가 넘어진다") 생의 감각("살아 있다는 느낌", 「흑발 소녀의 누드 속에는」)을 얻어내는 충실성에서 비롯된다. 흑발 소녀의 누드화는 멀어질수록 불러볼 만한 어떤 것, 부재할수록 환기되는 어떤 것을 생존하게 하는 충실한 형식이다. 그러니 머나먼 부재를 향해 '황량하게 벌어진 우리의 목구멍'에 그녀의 시를 권할 수밖에.

"자요, 미치고 싶을 때 나눠드릴게요"(「자, 케이크 나눠드릴게요」)

吳姸鏡 | 문학평론가

| 시인의 말 |

한동안. 실은 오랜 동안 기억이 끊어졌다. 몇 계절이 결여된 느낌으로 묵어갔다. 내가 나를 되찾기까지 불응과 부정으로 점철된 마음이여, 나라는 가까움을 빼면 여태, 그 누구도 모른다.

……진심으로 나도 묻고 싶었다. 어떤 악의가 사람을 극한의 궁지로 몰아넣는가?

시인의 말을 적기 위해 몇권의 시집에 자문을 구했다. 손에 잡힌 '간절함'이라는 글귀에 마음이 자꾸만 머무적댔다.

저녁참이다. 밥을 차리며 언니가 책들을 넘나든다. 식구들에게 미안하다는 생각이 많이 드는 요즘이다. 오늘 꺼내든 책은 스푸트니크 2호를 탄 라이카에 관한 것이다. 요즘도 상상한다. 막 밀려오는 우주에서 홀로라는 것. 라이카는 분명 지독히도 외로웠으리라. 때로 파리하게 추워 보이는 밤하늘이 개눈처럼 빛난다.

언제나 끝나려는가.

마음의 공황을 참아준 가족에게. 그리고 선생님들, 시힘 선배님들과 지인들. 창비에 특별한 감사를 전한다.

2011년 3월

김윤이

창비시선 328

흑발 소녀의 누드 속에는

초판 1쇄 발행/2011년 3월 25일

지은이/김윤이
펴낸이/고세현
책임편집/전성이
펴낸곳/(주)창비
등록/1986년 8월 5일 제85호
주소/413-756 경기도 파주시 교하읍 문발리 513-11
전화/031-955-3333
팩시밀리/영업 031-955-3399 편집 031-955-3400
홈페이지/www.changbi.com
전자우편/literat@changbi.com
인쇄/한교원색

ISBN 978-89-364-2328-5 03810

* 이 책은 한국문화예술위원회의 2008년도 신진예술가지원금을 받았습니다.

* 책값은 뒤표지에 표시되어 있습니다.